新 潮 文 庫

わ く ら ば

短篇集モザイクⅢ

三 浦 哲 郎 著

新 潮 社 版

7233

目次

わくらば

短篇集モザイクⅢ

わくらば

信州八ヶ岳の山麓《さんろく》では、八月の半ばを過ぎると急に大気が冷え冷えとして、まず白《しら》樺《かば》の梢《こずえ》から黄ばんだわくら葉が小止《おや》みなく降りはじめる。よく晴れた日の午後、ヴェランダの日溜《ひだ》まりに帆布を張った椅子《いす》を持ち出して寝そべっていると、その葉擦れの音がまるでまぼろしの谷川のせせらぎのようだ。

時折、読みさしの本を胸の上に伏せて、身を起こし、いつの間にか頭髪のなかにもぐり込んだり、下腹の窪《くぼ》みや組んだ両脚の間などに落ちて溜まっている冷たい葉っぱを、一枚一枚つまみ上げては、しげしげと眺める。白樺のわくら葉は、たいがい黄と緑の入り混じった地に褐色のしみや粟粒《あわつぶ》のような斑点《はんてん》が散っている模様で、どれもおなじように見えるのだが、比べてみると、配色も斑点の散り具合も一葉ずつ微妙にちがっている。もし気に入ったものが見付かれば、とりあえず本の間に挟み込む。病み衰えた葉だから、落ちてからも寝汗のようなものをかくのだろうか、あとで挟んだ頁《ページ》を開けてみると紙が湿り気で波打っている。そんなふうにして、わくら葉の栞《しおり》でいくらか厚ぼったくなった退屈凌《しの》ぎの書物が、この小屋の本棚には何冊もある。

木の葉っぱなど、以前はなんの関心もなく、降りかかってくるのをただ無造作に払い除《の》けるだけで、手に取って眺めたこともなかったのだが、おととし体をすこし悪くして以来、暇を見つけては養生かたがたこの山麓へ足を運んでいるうちに、どういうものか、これまで見向きもしなかったものになにかと心を惹《ひ》かれるようになっている。

白樺のわくら葉に初めて驚かされたのは、ある朝、寝間着の上に毛糸のカーディガンを羽織り、サンダル履きの素足にひさしぶりの冷たさをおぼえながら、小屋を一周する笹藪《ささやぶ》のなかの小道をゆっくり歩いていたときであった。裏の岳樺《だけかんば》の巨木の下に佇《たたず》んで、根元に紅色の頭を覗《のぞ》かせている毒茸《どくきのこ》を爪先《つまさき》で軽く蹴《け》ると、不意に、なにやらひんやりしたものが首筋に触れた。思わず首をすくめて手を上げかけたが、そいつはなおも襟首の奥の方へずり落ちていく。冷たさと薄気味悪さが背中にひろがって、身ぶるいが出た。

てっきり朝露の仕業だと思った。毒茸を蹴ったとき、爪先が岳樺の幹に当たって、枝先の葉に宿っていた朝露の玉がちょうど襟首のところに転げ落ちたのだ。近くの台所の窓が半分開いていたので、下までいって声をかけた。

「ちょっと背中を覗いてくれないか。」

「背中を？」

と妻の影が窓の曇りガラスに揺れる。味噌汁《みそしる》の匂《にお》いがしていた。

「襟首から変なものが入ったんだよ。」

「あら……虫かしら。」

「虫にしては動かない。ともかく覗いて見てくれないか。」

背中を動かさないようにしてヴェランダの方へと回っていったが、異物は朝露でも虫でもなかった。妻は寝間着の襟首から背中の方を覗いていたが、やがて片手をさし入れて黄ばんだちいさな葉っぱを一枚つまみ出した。

「なんだ、木の葉か。」

「白樺の、わくら葉だわ。」

「葉っぱにしてはしなやかで、冷たかったな。」

「きっと朝露に濡《ぬ》れてたのね。」

朝食のあとで、熱い焙《ほう》じ茶を啜《すす》りながら、食卓の端に載せてあったそのわくら葉を改めて手に取って眺めた。そこには、練達の図案家が丁寧に仕上げたようなきわめて巧緻《こうち》な模様があらわれていた。たかが木の葉が、こんなにも美しく変相するとは知らなかった。驚いて目を瞠《みは》っているうちに、ずっと以前にこれとよく似た模様をどこかで見た記憶があるのに気がついた。あれは、いつ、どこで見た、なんの模様だったろう。そう思って古い記憶を探してみたが、見付からなかった。おなじ木の葉でなかったことだけは確かだが、ほかはなにも思い出せなかった。

もしも、あくる日の夕方、風呂場《ふろば》にいて、風に吹きちぎられた小枝や乾いた葉っぱが窓ガラスにばらばらと音を立てるのを聞くともなしに聞いているうちに、ふと、昨日のわくら葉のことを思い出さなかったら、あの図案に似た繊細な模様に関わる遠い記憶もよみがえることがなかったかもしれない。

風呂場を出て、食卓のまわりをうろうろしているところを、台所から皿小鉢を運んでいた妻に見咎《みとが》められた。

「……どうしたの？　探しもの？」

「大したものじゃないんだ。ほら、昨日背中にもぐり込んだ葉っぱ。昨日はここにあったけど、どうしたかね。」

「捨てちゃったわ。要るんだったの？」

「べつに、あれでなくてもいいんだが……。」

「似たものならヴェランダにたくさん落ちてるわ。」

あいにく風の強い日だったので、ヴェランダはきれいに吹き払われていたが、下の笹藪の小道には普段から土の地面が見えないほどに落葉が降り積もっている。そこから、白樺のわくら葉らしいのを何枚か拾って小屋に持ち帰ってみると、そのうちの一枚が、色合いといい茶色のしみや斑点の散り具合といい、昨日のものとそっくりであった。机の上のスタンドを点《つ》け、眼鏡をかけ直してまじまじと見て、ああ、やっぱり似ている、と思った。さっき風呂場でようやく思い出した晩年の父の素肌に似ている。よく郷里の町の銭湯で間近に見た老父の背中が、見入っているわくら葉に重なり、ひろがった。

父は、鉱泉の湧《わ》く村で生まれ育ったせいか湯を浴びるのが好きで、市《まち》で呉服屋を営むようになってからも裏庭にある別棟の湯殿で毎日湯桶《ゆおけ》の音を響かせていた。もともと郷士の末裔《まつえい》で、生来無口で不器用で商人にはまるで不向きだと思われる父が、どういう風の吹きまわしで畑違いの市の商家へ婿《むこ》入りなどすることになったのかは、父を迎えた当の母自身にもよくわからなかった。古株の番頭や大勢の丁稚《でっち》たちに揉《も》まれながら、商いの見習いに明け暮れるようになってからまだ間もないころ、父は寝物語に、実は東京へいきたいのだが、と呟《つぶや》いた。見物にかと思ったが、そうでもなさそうなので、なにしにいくのかと尋ねてみると、父は真顔で、

「東京へいって相撲取りになりたい。」

といった。

母はびっくりして二の句が継げなかった。愚かな母には、相撲取りになるとはどういうことなのかわからなくて、要するに普通の人間ではなくなることだとしか思えなかったのである。

父は、並外れた巨漢ではなかったが、当時としてはまず大男の部類で、身のたけ一八〇センチあまり、肩幅広く、骨太、堅肥《かたぶと》りの、がっしりした体付きをしていた。中学時代は柔道の選手、在所の村では草相撲で鳴らしたらしい。それにしても、本場の土俵に登るにはいささか心もとない体軀《たいく》だが、本物の力士になることは年来のひそかな念願だったとみえて、それからしばらくすると、父は忽然《こつぜん》と出奔した。

まだ分家する前だったから、同居していた母の実家は騒ぎになった。父の行方は誰にも見当がつかなかった。もし、それを占う手掛かりを持つ者がいるとすれば、母以外には考えられない。母は、問い詰められて、もしかしたらと先夜の寝物語を打ち明けた。なんと相撲取りにな、と実家の父親が呆《あき》れたような声を上げ、やがてべそを搔《か》くように笑い出したが、一緒になって笑う者はいなかった。まさかとは思ったが、かねて昵懇《じっこん》の問屋にこっそり頼んで両国界隈《かいわい》を探してもらうと、思いのほか簡単に見付かった。父は、隅田川の川風が破れ障子を顫《ふる》わせるちいさな相撲部屋で、蓬髪《ほうはつ》の若い衆と雑魚《ざこ》寝《ね》をしていた。草相撲の仲間で、いまは褌《ふんどし》かつぎになっている近在の男が、出奔の手引きをしたものらしい。迎えに出向いた母の実家の番頭が、部屋の親方に鄭《てい》重《ちょう》な礼をして引き取ってきた。郷里の駅に降り立った父は、散髪した頭に真新しいぶかぶかの鳥打帽子をかぶっていて、はた目には番頭を連れて問屋巡りをしてきた若旦《わかだん》那《な》のようにしか見えなかった。

母の実家から暖簾《のれん》を分けてもらって、おなじ町内にちいさな店を構えたのは、それから間もなくである。母は、独立できるのはもとより嬉《うれ》しかったが、実家を離れてしまうのが心細くもあった。父がまたぞろ気紛《きまぐ》れな小舟のように、なにかの拍子に人知れず海原へ漂い出しそうな気がして頼りなかったのである。そんな父を繋《つな》ぎ留める錨《いかり》のようなものが欲しくて、この家になにか不足なものはないかと訊《き》くと、父はしばらく考えてから、五右衛門《ごえもん》風呂ではなくてもっと寛《くつろ》げる湯殿があれば、といった。無趣味で、酒も飲めなかった父は、せいぜい好きな湯にゆっくり漬かって憂《う》さを晴らすほかはなかったのだろう。

そんなことならお安い御用で、さっそく実家へ頼んで裏庭にちいさいながら別棟の湯殿を建ててもらった。さいわい父は気に入って、毎日夕方になると、在所から取り寄せた湯の花をたっぷり入れて長湯を楽しむようになった。おかげで家族も、居ながらにして温泉気分が味わえたのだが、父の在所の湯の花は、体を芯《しん》から暖めて気を鎮《しず》める効果が顕著なものの、湯あがりの肌から、うっかり放った尾籠《びろう》なものによく似た臭《にお》いを発散させるところが、難点といえば難点であった。

その後、父は再び常軌を逸することもなく神妙に店を守りつづけて、二十年あまりの間に六人の子をもうけたが、子育てにはさんざん手子摺《てこず》った。というのは、そのうちの二人に先天性の障害があり、それが因《もと》で家族がある時期ひどい惑乱状態に陥ったからである。その結果、誰のせいでもなかったにしろむざむざ四人の命が失われることにもなった。父はいよいよ無口になり、無表情になった。

戦争が終わったとき、父はすでに五十半ばで、不得手な商売をなおもつづける気力も、忍耐力も失っていた。一家は、店を畳んで父の在所に引き籠《こも》り、そこで何年か暮らしてから、また隣県のこの町に移った。国道沿いに古びた家々が低い軒を連ねている細長い町のなかほどを、幅広い川が横切っていて、裏山の中腹の高い石段を登ったところに大きな禅寺があるだけの、なんの変哲もない田舎町にすぎなかったが、縁あって一家はここに住み着くことになり、前に住んでいた市から身内の墓をこの町の寺へ移した。

いまから四十年近くも前に、無謀にも職を持たずに文筆で暮らしを立てようと志し、忽《たちま》ち貧窮に陥って体も損ね、ほうほうの体で落ち延びてきて転がり込んだのは、この町の家である。目の下に川と町裏の屋根の重なり合いを見下ろす崖《がけ》の上のすこし傾いた借家で、父と母と姉とが倹《つま》しく暮らしていた。父は、数年前に患《わずら》った軽い脳梗塞《のうこうそく》がまだ尾を引いていて、右半身がすこし不自由だったが、風呂好きは相変わらずで銭湯通いを唯一《ゆいいつ》の楽しみにしていた。

その町の銭湯は、国道に架かっているコンクリート橋のたもとから河原へ降りる緩い坂道の途中にあった。低いトタン屋根から町工場のよりも細い煙突がひょろりと突き出ているだけの板壁の家で、よそ者は誰もそこが銭湯だとは気がつかなかったろう。洗い場に並んでいる曇りガラスの窓を開けると、道のむこうに川が見え、流れのなかに立って竿《さお》を抱えている釣人と橋の欄干にもたれてそれを見物している人たちが見えた。その銭湯では、川から汲《く》み上げた水を沸かしているのだという噂《うわさ》があったが、実際、口開けに当たると、湯づらに鮎《あゆ》の稚魚が浮かんでいるのを見かけることがあった。在所にいたころ、口のなかで嚙《か》み潰《つぶ》した荏胡麻《えごま》を吹き散らしながら細身の竿で川面を打つようにして雑魚《ざこ》を引っ掛ける釣を得意にしていた父が、

「おい、鮎風呂だよ。」

と珍しくこぼれるような笑みを浮かべて、湯づらの稚魚を両手でそっと掬《すく》い上げた

のを憶えている。

お互いに、心ならずも無為徒食の境遇に陥った者同士のせいか、父との間にはこれまでとは別の不思議な親近感が生まれていて、晴れた日の午後にはどちらが誘うともなく連れ立って銭湯通いをしたものだが、父は、自分から背中を流せと命じたことはいちどもなかった。ぎごちない洗い方を見兼ねて、

「どれ、タオルをよこして。」

というと、父は気弱く笑って、

「済まんな。」

と、それでも素直に広い背中をこちらへ向ける。

父の体は、顔色からすればもともと色白だったのだろうが、それにおそらく長年和服に角帯で通したせいもあって、裸になると隅々まで不自然なほど蒼白《あおじろ》かった。力士を志願したころの体付きなら人伝《ひとづ》てに聞いてはいるが、色艶《いろつや》までは知る由《よし》もない。七十近くなってすっかり張りを失ってしまった背中は、肩幅が広いばかりで、肉は落ち、あちこちに骨が浮き上がって見えていた。艶のない薄濁りした皮膚には、茶色いしみが濃淡のまだら模様を作っていて、湯をかけると、ところどころにほんの束《つか》の間《ま》、髪の毛ほどにも細い紫色の血管が葉脈のような線条を描いて走るのが見える。洗う手に

すこし力を加えただけで、たるんだ皮膚が乏しい肉の上を滑るように動くのがわかる。つい、溜《た》め息《いき》が出た。

——白樺《しらかば》のわくら葉からよみがえってきたのは、そのころ目《ま》の辺りにした父の濡れた老軀の記憶である。

今年の夏、山麓《さんろく》の小屋の物置で、左脚をすこしいためてしまった。いちど自分にどれほどの体力が残されているかを確かめておこうと思って、蔵書をぎっしり詰め込んだ段ボール箱を独りでいくつか動かしたのである。このところすっかり萎《な》えていた気力がやっと満ちてくる気配に気をよくして、冒険を試みたのがいけなかった。

その日は何事もなく過ぎたが、翌日から左脚の膝《ひざ》の裏側の窪《くぼ》んだところが痛みはじめた。静かにしていればなんともないが、歩き出すと、膝の裏側からふくらはぎの方まで縦に引き裂くような痛みが走る。無茶な力仕事で、普段あまり使うことのない筋肉か腱《けん》をいためたのだと思うほかはなかった。ものの本によれば、その膝の裏側の窪んだところは膕《ひかがみ》といって、古代ローマの戦争捕虜は逃亡できないようにそこを切断されたものだというが、こちらはどこへ逃げるでもないし、まさかその膕が千切れてしまったとも思えないから、とりあえず、消炎鎮痛剤の軟膏《なんこう》をすり込んでしばらく様子を見ることにした。

ズボンの裾《すそ》を膝の上まで捲《まく》り上げたまま、ヴェランダに面したガラス戸のそばに立って妻の手当てが済むのを待っていると、不意に妻が、あら、と声を洩《も》らして、軟膏をすり込む指先を止めた。それきり黙っているので、

「どうかしたか？」

と尋ねると、妻はうろたえたように、

「なんでもないの。錯覚。」

といって、手早くズボンの裾を引き下ろした。

「これでお仕舞い。どんな具合？」

「どんな具合って、いまはすうすうするだけだ。」

「この薬、即効性があるみたいよ。もうすこししたら外をちょっと歩いてみたら？」

妻はそういうと、軟膏に蓋《ふた》をしながら小走りに薬箱が置いてある棚の方へいった。

しばらくしてから、ためしにヴェランダへ出て、端から端までゆっくり行きつ戻りつしているうちに、ふと、さっき妻は自分の膝の裏になにを見たのだろうと思った。たとえそれが錯覚だったにしても、なにを見たと思ったのだろう。自分の目をそこへ近づけてみたかったが、近頃めっきり柔軟さを失っている体でそんな姿勢がとれると

は思えない。そんなら鏡の前にうしろ向きに立って股眼鏡《また》でも、と思い、我ながらばかばかしくなって、笑ってしまった。

そろそろあのころの父とおなじ齢《とし》になるのだから、体のどこかが白樺のわくら葉を貼《は》りつけたように見えたとしても、なんの不思議もないのである。

膝の裏の痛みはまだ消えてなかったが、このまま歩けなくなってしまうのは真っ平だから、下の笹藪《ささやぶ》のなかの小道へ降りて、片脚を引きずるようにしながらしばらく歩いた。

そいね

一

ゆうべは、真夜中に、二度目醒《めざ》めた。

最初は、地震で。二度目は、耳許《みみもと》の鼾《いびき》が急に不吉な音色に変わったような気がして。

地震は、大揺れにならなくて、よかった。心支度をするともなく、布団《ふとん》から咄嗟《とっさ》に片脚を畳に落として、天井の暗がりに目を据えたまま家鳴りに耳を澄ましていると、ありがたいことに、わずか十秒ばかりで治まってしまった。ほっとした。

このあたりは、温泉場なのに、地面の揺れを感じることは滅多にないが、その代わり、何年かにいちどは、目が回りそうで立っていられないような大揺れがくる。ゆうべのような晩に、都会からきた逃げ足の早い客たちが我勝ちに外へ飛び出すような騒ぎになっていたら、さぞかし困惑したことだろう。

こちらにしても、天変地異にはいくじがないし、仕事先で惨《みじ》めなことになりたくないから、さっさと逃げ出したいのは山々なのだが、まさか、添い寝している顧客を置き去りにするわけにはいかない。それかといって、あわてて宿の浴衣《ゆかた》を裏返しに着たりして、裸同然の老人を背に庭先をうろうろする勇気などありはしないのである。

大した揺れにならなくて、本当によかった。枕《まくら》を並べている春蔵爺《じい》さんも、全く気がつかなかったとみえて、いつもの軽い鼾がいちども途絶えなかった。しばらくすると、離れの裏手の、田植えが済んだばかりの水田で、いっとき鳴りをひそめていた蛙《かえる》の群れが鳴き出した。それを、聞くともなしに聞いているうちに、こちらも、またうとうとと寝入ってしまった。

二度目は、夢うつつに、あ、いけないと、いささか狼狽《うろた》えるような気持で目醒めた。春蔵爺さんの鼾が、いつの間にか、これまで馴染《なじ》みのない、妙な響きを帯びているのに気がついたからである。老人の鼾には、油断がならない。老人は、全く意識を失って、もはや二度と醒めることのない眠りを眠りながらも、さも磊落《らいらく》そうな鼾をかいてみせたりするのである。

そんなときは、なによりもまず、相手の体をまさぐって、最初に指先が触れたところを、そこがどこであれ強く抓《つね》ってみることだ。ゆうべは、肉の落ちた太腿《ふともも》の皮を抓ることになったが、二度で鼾がやんだので、やれやれと思った。すると老人は、普通の眠りを眠っていたのだ。ただ、ちいさな頭が枕からこちら側に落ちて、饐《す》えた臭《にお》いのする寝息がこちらの左頬を強く吹きつけていた。鼾が変にきこえたのは、そのせいだったろう。

「巴《ともえ》よ。」

爺さんは目醒めかけていた。

「あいよ。ここだえ。痛かった？」

巴は、ばつの悪い笑いを浮かべてそういったが、彼は抓られたことを憶《おぼ》えていなかった。

「いま、何時せ。」

外は月夜で、窓の障子に庭木の影が映っていた。裏では蛙がさかんに鳴いている。

「まだ、夜中し。起こして悪《わり》かったな。」

巴は、爺さんの背中をさすりながら、チリ紙で口から痰《たん》をぬぐい取ってやった。去年の秋口から、どういうものか夜中になにか言葉を口にすると、きまって喉《のど》を栖《すみか》にしている痰を少量吐く癖がついている。

爺さんは、口直しでもするように、ちょうど横向きになった巴の胸に軽く唇を滑らせただけで忽《たちま》ち乳首を口に含んだ。巴は、太って、乳房も反るように高く突き出ているから、まだ目の見えぬ赤子でも探しあぐねることはないだろうと自分でも思っている。けれども、巴は、子を孕《はら》んだことはあってもまだ産み落としたことはない。それで、量感に富んだ乳房のわりには、乳首は至って小粒なのだが、それがいいのだと春蔵爺さんはいっている。

「おらのおふくろだってもよ」と、爺さんは時々、巴の胸をしげしげと眺めながら懐《なつ》かしそうにいう。「おらが赤子のころの乳首ときたら、まるでサクランボの種だったもんな。尤《もっと》も、弟や妹を産むたんびに膨らんできて、しまいには葡萄《ぶどう》の粒みたいになったっけがよ。」

春蔵爺さんは、巴の小粒な乳首を口に含むが、そのあと、なにをするということもない。ひとしきり、赤子のように吸ってみたり、ねぶってみたりしたあとは、満腹した子がよくそうするように、舌で乳首を押し退《の》けたまま静かな寝息を立てはじめるのだが、春蔵爺さんに限らず、この温泉場に憩《いこ》いを求めてくる老人たちのほとんどは、添い寝をしてもらうなら太って胸の豊かな女に限るといっている。

巴は、客に齢《とし》を訊《き》かれると、正直に答えることにしているが、

「三十五かあ……。わしはおふくろが三十のときの子供だからな、あんたがおふくろだとすれば、こっちは五つの腕白ざかりか。五つのころっていえば、よく親父《おやじ》の目を盗んで、おふくろの寝床へもぐり込んだもんよ。おふくろの寝床って、いつもいい匂《にお》

いがしてたなあ……。」

そんな問わず語りをしたあとで、巴の胸の谷間に長いこと顔を埋《うず》めたままの客が、何人もいた。男たちには、老いるにつれて母親を恋慕する気持が抑えようもなく募るのだろうか。

「こうしてお乳にじゃれついてるとな、うっかり足の指があらぬところへ滑っていって、ぱちんと尻《しり》を叩《たた》かれたっけが……あのときの、えも言われない感触がまだ足の親指の腹に残っとるなあ。」

そんなことまでいって、目を潤《うる》ませる客もいた。

二

巴は、八十人近くいる朋輩《ほうばい》たちにも、仕事先の温泉旅館や料理屋にも、自分は七十歳以上の老人客の添い寝以外はお断わりだよと公言しているから、到底売れっ妓《こ》なんぞにはなれやしないが、だからといって、しょっちゅうお茶を挽《ひ》いているわけでもない。ただ、時折、老人専門であるばっかりに、約束をすっぽかされることがあって、それがいまのところ唯一《ゆいいつ》の悩みになっている。

すっぽかされるのは、あまり遊び馴れない老人が、つい長湯をした挙句に気が急《せ》いて、まだ宵の口なのに忽ち酔い潰《つぶ》れてしまうからである。酔い潰れてしまっては、添い寝をするのも白々しい。気が進まない相手だと、そのまま帰ってきてしまうが、客の連れに頼まれて、ひと眠りが醒めるまで数時間ぶらぶらしながら待ってみることもある。巴は、もともと酒席が好きな方ではないから、そんなときは、さっさと座敷を抜け出して、近くの国道沿いにあるファミリー・レストランへ眠気醒ましの濃いコーヒーを飲みにいくことが多い。

梅雨入りの前の、ある土曜日の夕方、巴は、湯中《ゆあた》りした八十老人の、添い寝ならぬ付き添い看護を一時間ほど奉仕したのち、商売気もすっかり失《う》せて、今夜は寝溜《ねだ》めでもするかと帰宅する途中、喉が渇いたのでその店に寄った。すると、奥の席で、別れた亭主の一家が賑《にぎ》やかに夕食をしていた。

巴は、いつもの窓際《まどぎわ》の席に就いて、コーヒーの代わりにアイスクリームを注文してから気づいたのである。もし入口で彼等を認めていたら、多分くるりと踵《きびす》を返して店を出ていただろう。

けれども、巴は、すぐ自分の錯覚に気がついた。自分たちが夫婦別れをしたのは、もう十年も前のことである。しかも、この十年間に自分たちはいちども会っていない。人は七年で顔つきが変わるというが、こちらは顔つきばかりではなく体付きまでうんざりするほど崩れ加減になっているのだから、おそらく、むこうにしても、いきなり顔を合わせてもすぐに気がつかない程度には、老《ふ》けるか、くたびれるかしているのに相違ない。ところが、巴は、自分の席から離れた奥の席をふと見やって、すぐに、おや、あの男、と思ったのである。つまり、別れた当時の亭主によく似た男がそこにいたのだ。

巴は、ほっとして煙草《たばこ》に火を点《つ》けた。顔見知りのウエイトレスがお待ち遠さまとアイスクリームを持ってきた。

「あちら、随分賑やかね。」

そういって奥の席へ目をやってみせると、ウエイトレスはうなずいて眉《まゆ》をひそめた。

「もうお皿を二枚も割ったの、子供たちが。家ではどんな躾《しつけ》をしてるのかしら。あんな家族がいちばん困るわ、お母さんはただ子供たちをぶつだけ、お父さんは見て見ぬふりでビールを飲んでいるだけなんだから。」

巴は、おとなしくアイスクリームを舐《な》めながら、時々奥の賑やかな家族の席へ眺めるともなく目を向けていた。三十前後の夫婦に、まだ幼い男の子二人、女の子二人の、六人家族である。父親は、よく見ると別れた亭主にそう似ているわけでもなく、母親の方も、自分が難産で生死の境をさまよっている間に亭主を寝取った手の早い泥棒猫とは似ても似つかぬ、見るからに鈍重そうな女であった。

子供たちは、泣き、喚《わめ》き、叫び、フォークやスプーンを投げ合い、皿のものを手摑《てづか》みにしていた。父親の空咳《からぜき》と、母親が押し黙ったまま子供たちのおでこを平手でぶつ音の絶え間がなかった。

もしも自分が十年前あの亭主と別れずにいたら、と巴は思った。結局はあのような家族とあのような家庭とを作り、自分は日がな一日、子供たちのおでこを無言でぶつことに忙しかったかもしれない。そんな妻であり母親であり主婦である自分と、夜な夜な湯宿の離れで老人たちの添い寝にいそしんでいる天涯孤独の女であるいまの自分と、一体どちらが仕合わせなのだろうか。

巴には、どちらとも判断がつきかねた。その上、この先、生きている間に、その判断のつくときが必ず自分を訪れるだろうとも思えなかった。人生、先のことは誰にもわからないし、なにが仕合わせかなど、結局わからずじまいになるのではなかろうか。

巴は、東北のもっと北の城下町の、勤勉な鉄道員の家庭で一人娘として育った。勉強が好きで、将来は歴史の教師になりたいと思っていた。ところが、中学一年の冬に、突然、最初の不幸がきた。ある晩、父親が鉄橋を歩いて渡っていて、あやまって凍った川に落ちて死んだのである。同僚たちとの忘年会の帰りで、父親は飲み馴れない酒にすこし酔っていた。短い鉄橋で、近道だったのだが、父親はわずかな風によろけて足を踏み外したのだ。

　父親の上司の世話で、母が運送会社で働くことになった。巴も学校を休んで働こうと思ったが、母が許さなかった。中学を卒業すると、母の強い勧めで前々からの望み通りに県下でも指折りの進学校に入学したが、毎朝、あまり丈夫でない体に鞭打《むちう》つようにして出勤する母を見ているうちに、巴の将来の展望がすこしずつ変わった。教師になるための大学進学など、いまの自分たちには贅沢《ぜいたく》で悠長すぎるように思われてきた。それよりも、高校を出たらすぐ上京して、どこか堅実な会社に就職しよう。そこで働きながら、なるべく早く自分にふさわしい伴侶《はんりょ》を見付けて家庭を持ち、ゆくゆくはそこへ母を呼んで、三人で慎《つつ》ましく暮らそう。それが自分の最善の道だと巴は思うようになった。

　無理が祟《たた》って、時折狭心症の発作に見舞われるようになっていた母は、呆気《あっけ》なく巴の提案に賛意を示した。巴は、三年生になると、就職担当の教師へ熱心に働きかけて、秋には東京の中堅出版社から採用内定の通知をもらった。

巴は、その出版社の経理課に、五年いた。身辺には、何事も起こらなかった。自分にふさわしい伴侶など、どこにいるものやら見当もつかない。自分はどうやら都会向きではないらしい——そんなことを思いはじめた矢先に、郷里の母から、体がすっかり衰えて一人暮らしに耐えられなくなったという手紙がきた。巴はさっさと会社をやめた。都会にもすでになんの未練もなくなっていた。

郷里へ引き揚げてみて、巴は二つ、意外な思いを味わった。母の衰弱が案じていたほどではなかったことと、早くも自分のために新しい勤め口が用意されていたことである。母は、おそらく、娘が無愛想な都会に業《ごう》を煮やして、とんだ貧乏籤《くじ》を引きやしないかと気が気ではなかったのだろう。

郷里の新しい勤め口というのは、自動車会社の営業所の事務員であったが、ここに二番目の不幸が待ち受けていた。営業所の同僚が持ちかけてくるこじれた恋の相談にいやいや乗ってやっているうちに、巴自身が、ものの弾みで、同僚の相手とおかしなことになったのである。巴は、なにもいわずに自分から身を退《ひ》き、勤めもやめていった。巴は、なにやらのっぴきならない気持にさせられて、相手から結婚話が出ると、すぐに承諾してしまった。

夫婦に母を加えた慎ましやかな三人暮らしが、思わぬところで実現したが、それも一年とはつづかなかった。産院で三日三晩苦しんだ挙句が、死産で、身も心も憔悴《しょうすい》し切って帰宅してみると、留守の間に、亭主は身の回りの目ぼしい品を携えて従妹《いとこ》と呼んでいた女と行方を晦《くら》ましていた。

三番目の、最後の不幸は、間違いなく自分の命が絶えることだと、巴は何日も寝たまま起き上がれない寝床のなかでそう思っていたが、不意に絶えたのは巴のではなくて母の命であった。もともと心臓を病んでいた上に、自分が巴を東京から呼び戻したのが衰運のもとだと気に病んでいた母は、ある朝、巴のための粥《かゆ》を炊《た》いているうちに、突然へなへなと崩れ落ちるように倒れて、それきりになった。

北陸の温泉場で料理屋の仲居をしているという中学時代の仲良しが、郷里の親戚《しんせき》から聞いたといって悔みの手紙をくれたのは、母の死後しばらくしてからであった。身辺が落ち着いたら湯治をするつもりでこないかと書いてあった。巴は、湯治という言葉に強く惹《ひ》かれた。母の百箇日を済ませて、身軽になったら、是非その友達を訪ねてみようと思った。

友達は、料理屋の仲居でなくて、芸者をしていた。巴は一緒にやらないかと誘われて、その気になるまでに半日とはかからなかった。いちどは産院であの子と一緒に死んだ身だと思えば、どんなことでもできると巴は思った。

その北陸で添い寝の流儀を身につけて、この米どころに移ってきたのは三年前のことである。

――不意に奥の方で、グラスが床に落ちて砕けて、巴は我に返った。

三

巴は、目醒《めざ》めると同時に、むくりと上半身を起こした。右足の裏で、なにやらひんやりしたものを、軽く踏みつけたような気がしたからである。ひんやりしたものといっても、夜気に冷えた畳なんぞではない。もっと体の芯《しん》に応《こた》える、底冷えのするものだ。軽く踏んだと思ったのに、その底冷えの感触がまだ右の足の裏に残っている。

巴は、体の左側を下にして横向きに寝ていた。枕《まくら》を並べている春蔵爺《じい》さんには背面を向けていたことになる。だから、足の裏が触れたのは、爺さんの脛《すね》か、ふくらはぎであったろう。

けれども、巴は、改めて爺さんの体に触れてみようとは思わなかった。巴はただ、起き上がったままの姿勢で、ようやく青味の薄れはじめた窓の障子を見詰めたまま、じっとしていた。中庭の池に落ちる細い水音のほかにはなにもきこえなかった。勿論《もちろん》、部屋のなかにも、物音はない。鼾《いびき》もない。それに、寝息も。

巴には、もう、わかっていた。こういう朝が、いつかはくるのだ。それでも、今朝はやっと夜が明けはじめたばかりで、まだあちこちに夜の闇《やみ》が立ち籠《こ》めているのを天の恵みだと思わなければいけない。

肉がつきすぎて、我ながら重たい腰が、なんのせいか、布団《ふとん》に片手を強く突いただけで軽々と浮いた。そのまま畳へ降りて、襖《ふすま》をそっと開け、隣室へ入って点灯する。

そのとき初めて、自分の心臓の鼓動がきこえた。巴は拳《こぶし》で左の胸をなだめるように叩いた。あわてなさんな。

床の間のハンドバッグから、小型の赤い手帳を取り出し、二十人ほどの人名と数字がぎっしり書き込んである頁《ページ》を開ける。人名は土地の顧客の名、数字は危急の場合にのみ必要なそれぞれの自宅の電話番号である。ひょっとしたら添い寝のさなかに、と危ぶまれる客の名の下には赤線が引いてある。春蔵爺さんの名にも、去年の冬、夜中に喉《のど》を転がる痰《たん》の音が高まってから、太い赤線を引いておいたが——勘が当たった。

電話機の前に膝《ひざ》を落として、音がしないようにゆっくりダイヤルを回す。むこうのベルが二十回近くも鳴ってから、中年男の不機嫌なかすれ声が出た。息子の春松父《と》っちゃだとすぐわかる。

「こったら時間に済みゃんせんども、おらは巴でやんす。」

囁《ささや》き声でそれだけいえば、大概の相手には用件の見当がつく。電話口で息を呑《の》む気配が伝わってくる。

「おら方の爺《ね》さまがな？」

ひそひそ声で念を押す。

「あい。気の毒に。」

「たったいまかし？」

「いんや、すこし前だったふうで。はあ、冷やっこいすけに。」

けれども、そのことに気がつくしばらく前に、痰が喉を転がる音をうるさいと思った記憶があるから、事切れてからまだそんなに時間が経《た》っていないのかもしれない。遺体《い》が硬直してからだと厄介だから、なるべく早く家へ連れ帰らなければならない。

「んだら、すぐいく。いつもの宿《そ》だな？」

「離れだすけに、裏からきてけれ。裏門はおらが開けておく。」

「我だけじゃ足りねべ？」

「やっぱし、もう一人要るえなあ。ああなれば爺さまでも重てえもんだすけに。」

「んだら、嬶《かかあ》も連れていく。」

電話が切れた。

巴は宿の浴衣《ゆかた》をきちんと着直し、座敷を暗くしてから縁側へ出た。ガラス戸をそろそろと開けると、そこから吹き込む青臭い夜明けの風がカーテンを大きく膨らませる。庭下駄《げた》は夜露を吸って重かった。中庭の木戸を出ていって、裏門の閂《かんぬき》を抜いてくると、巴は縁側を開けたまま暗い座敷で煙草を一本ゆっくりと喫《の》んだ。

しばらくすると、裏門の扉が低く軋《きし》んで、春松夫婦が昔の盗賊のように黒い姿で小走りにきた。遺体は、思いのほか硬直が進んでいなかったが、巴も手を貸して春松に背負わせるとき、どこかの関節がつづけざまに大きな音を立てた。春松の女房が、亭主の背中の遺体に黒いゴム合羽をすっぽりとかぶせた。

「んだら、あと、よろしくな。」

「あい。」

二人は、また逃げる盗賊のように黒い塊りになって裏門へ急いだ。巴が遅れて門を差し込みにいくと、二人は首尾よく遺体をライトバンに積み終えたところで、

「世話になったな、巴よ。」

と春松が、ようやく声に安堵《あんど》の色を滲《にじ》ませていった。あとは遺体を自宅の奥の間に寝かせて、藪《やぶ》医者を呼びにいくだけである。

「いい人だったに、惜しいことしたなし。」

巴はいったが、実際、これで惜しい顧客をまた一人失ったわけだ。

「お前《め》さんは、これから？」

「おらは、明るくなるまでもうひと眠り。」

けれども、それは口から出任せで、とてもあの布団にもういちど寝《ね》る気はないが、いずれ口止め料が分厚い封筒で届くまで、ゆっくり温泉にでも入って凝りをほぐしていようかと巴は思っていた。

にわか霊柩車《れいきゅうしゃ》は、ライトも点けずに、足音を忍ばせるようにのろのろと走り去った。

四

巴が初めて就職した東京の出版社の社員が二人、なんの前触れもなしにやってきて、名指しで座敷へ招《よ》んでくれたのは、そろそろ新米が出はじめる十月初旬のことであった。

名指しをするのだから、馴染《なじ》みの客なのだろうが、相手によっては添い寝の心支度が必要だから、念のためにその客が泊っている宿に問い合わせてみると、ひとりは石黒、ひとりは由良《ゆら》という名で、いずれも四十年配の客だという。

巴には、どちらの客の名にも憶《おぼ》えがなくて、首をかしげるような気持で出かけていったが、座敷で相手の顔を見てすぐに思い出した。痩《や》せて眼鏡をかけた石黒は編集部員で、赤ら顔でがっしりした体付きの由良は写真部員であった。巴は経理課員だったから、どちらとも親しく話したことはなかったが、ともかく五年間、おなじ建物のなかで毎日のように顔を合わせていた仲である。

巴は、突然目の前にあらわれた二人を見て、びっくりすると同時に、懐《なつ》かしかった。とりわけ石黒には、かつて密《ひそ》かに想《おも》いを寄せていた一時期があり、そのころの初心《うぶ》な自分も思い出されて、二重に懐かしかった。

二人は、巴が勤めていたころからその社で発行していた〈旅情〉という雑誌のために、東北の湖沼《こしょう》をいくつか探訪してきた帰りだということであった。

「それじゃ今夜が打ち上げですね。」

「そうなんだ。」と由良がいった。「社の車できてるもんだから、どうせなら遠回りになっても巴姐《ねえ》さんのいる温泉でと思ってね。」

「……どうして私がここにいるのを御存じなんです？」

巴にはそれが腑《ふ》に落ちなかったが、由良は答えずに、

「あんたはほんとに逞《たくま》しくなったな。とてもうちの社にいた巴ちゃんとおなじ女性だとは思えないよ。堂々たるもんだ。まさに巴御前じゃないか。ねえ、黒さん。」

「うん、聞きしに勝る……。」

石黒がそういうので、巴は合点して膝を叩《たた》いた。

「そうか、誰かに聞いたんだ。誰なんです？」

「……大月がいちどここへきたろう。」

と石黒がいった。それで、わかった。大月というのは全国の温泉場をめぐり歩いて情報を売っている男だが、巴はいつか、その大月の座敷でつい調子に乗って東京のOL時代の話をしたことがあった。それが、めぐりめぐって石黒や由良の耳にまで届いたのだろう。

「それに、大月の話だと」と由良はにやにやしながらいった。「あんた、七、八十の御老体たちに随分可愛《かわい》がられてるんだって？　よっぽどサービスがいいとみえて、あんたを贔屓《ひいき》にしている老人たちはみんな遺言で土地や山林や大金をあんたに贈るそう

じゃないの。それで、あんたは大判小判ざくざくで、忽《たちま》ち家を一軒建てちゃったって。」

巴は噴き出した。

「そんな……大袈裟《おおげさ》ですよ、その話。」

「でも、七十歳以下はお断わりっていう営業方針は、本当らしいじゃない？」

「嘘《うそ》ですよ。相手によりけりってこと。なんなら由良さん、朝まで私と付き合う勇気ある？」

由良《ゆら》は、ぶるるるっと唇を顫《ふる》わせながら、顔の前で掌《て》を振った。

「じゃ、石黒《いしぐろ》さんは、いかが？」

そういって石黒の顔を覗《のぞ》いたとき、巴は、思いがけなく彼の返事をまともに聞こうとしている自分に気づいた。石黒はちょっと間《ま》を置いてから、

「うちの社にいるころから、そんな冗談がいえるようだったら、あんたの人生も大分変《か》わっていたろうにね。」

半分独り言のようにいった。

そのあと、三人は、しばらくの間、口を噤《つぐ》んでそれぞれあらぬ方へ目をやっていた。

——翌朝、頃合いを見て二人の部屋へ電話をしてみると、これから朝食をするとこ

ろだと電話口の由良がいった。

「お給仕は？」

「誰もいないよ。」

するとゆうべ二人は、自分に気兼ねしたのか若い妓《こ》も招ばずに一人寝をしたのだ。

「じゃ、ちょっとお待ちになってて。私がいってお給仕してあげるわ。」

巴は、受話器を置くと、セーター姿のまま家を飛び出して二人の宿へ車を飛ばした。

二人は、もう洋服に着替えて帰り支度を済ませていた。朝食のあと、すぐに東京へ発《た》つのだという。

「じゃ、ここを出たら、ちょっと私の家に寄ってくださる？」

と巴はいった。由良は三杯目をお代わりした。

「大邸宅拝見か。」

「ここの御飯、美味《おい》しいでしょう？　だから、お土産にあげたいの。」

「ほう、千両箱を？」

「お米ですよ。ここでとれたコシヒカリの上等なのが、どっさりあるの。私一人じゃ食べ切れないから、東京へ持ってって食べてくださいな。」

巴は、宿を出ると、二人の車を先導して自分の家の門を入った。

「裏の倉庫の戸口まで、バックで入ってもらいたいんだけど。」

二人は、門を入ってから自由に車の方向転換ができる敷地の広さに、羨望《せんぼう》の声を上げていた。巴は、トランクを開けさせて、十キロ入りの米袋を独りで倉庫から運び出してきては、積み込んだ。ひと袋。ふた袋……。

「これ、玄米ですからね。玄米のほうが、持ちがいいから。すこしずつ、食べる分だけ精米すれば、いつまでも美味しい御飯が食べられますよ。」

三袋。四袋……。車体が沈む。

「ありがとう。もういいよ。」と、はらはらしながら石黒はいった。「こんなにもらっちゃ悪いよ。」

「ちっとも。こっちが持て余してるんですから。」

唐突に、もうこの人とも二度と会うことがないかもしれない、と巴は思い、倉庫の奥を向いて短く洟《はな》をすすった。

五袋。六袋——ひと袋積み込むたびに、車体が、ぐっ、ぐっ、と沈み込む。

都会の男たちは、顔見合わせて力弱く笑っていた。

ほととぎす

この山麓《さんろく》では、六月になると、待っていたように、ほととぎすが啼《な》き出す。毎日、夜明け前の三時ごろから啼きはじめ、日がな一日、飽きもせずに啼いている。

菊は、今年、たまたま六月にこの山麓に居合わせて、実にひさしぶりに、ほととぎすの懐《なつ》かしい啼き声を聴く機会に恵まれた。山麓には、夫が仕事場にしている木立に囲まれた小屋があり、五月の半ばからそこで一人暮らしをしていた夫が風邪で発熱したと知らせてきて、お互いに熱にはめっきり脆《もろ》さを露呈する齢《とし》になっているから、場合によっては一緒に連れ帰るつもりで出かけてきたのであった。

ところが、きてみると、夫の症状はさして重くもなく、二日ほどで平熱に戻ったので、ついでに食事の世話をしたり汚れものを洗ったりしながら滞在しているうちに、六月になり、計らずもほととぎすの声を耳にすることになったのである。

菊は、年中ほとんど東京の自宅で暮らしているから、野鳥の声などあまり聴くことがない。今度のほととぎすも、長女を産みに夫の北の郷里へ帰って、半年ほど独りで姑《しゆうとめ》の世話になったとき以来だから、ざっと三十何年かぶりということになる。

ちかごろは、夜半に、何者に呼び起こされたともなく、ふっと目醒《めざ》めて、それきり眠りから見放されてしまうことがしばしばなのだが、その夜は、目醒めてすぐ、眠りを破った者の正体がわかった。近くの谷川のあたりから、夜気を貫くような甲高い鳥の啼き声がきこえていたからである。

聴いているうちに、あの鳥の啼き声は、ずっと以前にどこかで聴いたことがある、と菊は思い出した。聴いたことがあるどころか、一時期、毎日のように聴き馴《な》れた声だ。けれども、菊は、もはやその鳥の名を忘れていた。

あんどん風の常夜灯が、枕許《まくらもと》をぼんやり明るませている。もし夫も目醒めていたら尋ねてみようと思ったが、隣からは平熱に戻った夫の穏やかな寝息だけがきこえていた。枕時計を見ると、まだ三時を過ぎたばかりであった。

その朝の食事中に、裏の落葉松《からまつ》林で、まだ夜が明ける前に寝床のなかで聞いた早起き鳥の声がした。菊は、いい齢をして思わず食卓の椅子《いす》から腰をすこし浮かした。

「あの鳥、なんていうんでしたっけ。」

「ほととぎす。」

夫は、ぶっきらぼうに答えて、あんな珍しくもない鳥の名を知らなかったのかと呆《あき》れたような顔をしている。菊は思い出した。確かに、ほととぎすだった。

「あれ、なんて啼いてるんでしたっけ?」

「なんてって、お聞きの通りに啼いてるんだよ。」

「そうじゃなくて、ほら、あれは人間の言葉に直せばこういってるんだとか、こんなふうにきこえるとか、いうじゃないですか。」

「テッペンカケタカ。」

と夫はいった。

菊は首をかしげた。

「ちがうなあ。」

「特許許可局。」

すこし舌がもつれた。

「……やっぱり、ちがうわ。」

「なにを規準にしてちがうんだ。」

「私が若いころに聞いた言葉ですよ。」

「誰から聞いた言葉なんだ。」

「あなたのお母さんから。」

夫は、ちょっと驚いたような顔をしたが、すぐに笑い出した。

「それじゃ、田舎の婆様《ばあさま》言葉だろう。そいつは、おふくろに直接当たってみないことにはわからないな。」

けれども、姑がこの世を去ってすでに久しい。

朝から、数え切れない種類の野鳥の声に包まれて暮らしているうちに、菊の黴《かび》臭い記憶がすこしずつよみがえってきた。ほととぎすの啼くのを初めて聴いたのが夫の郷里で、姑の世話になっていたときだったことも、はっきりと思い出した。

大きな腹を抱えて、はるばる北国で一人暮らしをしている姑の許へ身を寄せることになったのは、菊にはとっくに両親が亡《な》く、弟や妹たちも他家へ住み込みで働きに出ていて、安んじて子が産めるような実家がなくなっていたからである。それに、菊の夫の仕事もいっこうに芽が出ず、貧窮の底に陥っていて、出産費さえ用意できそうにもなかった。そこへ、郷里の姑から、田舎町の助産婦の腕が不安でなかったら遠慮なく産みにくるようにという助け舟がきたのであった。

夫は、飯の種の内職仕事をつづけるためにすぐ東京へ引き返し、菊は独り取り残されたが、姑は心優しく、いたわり深く、週にいちどずつ様子を見にくる大女の助産婦は明るく親切で、菊はほとんど心細さを感じることがなかった。産衣《うぶぎ》を縫う姑のそばで、夫の肉親たちが着古した浴衣《ゆかた》をほどいてお襁褓《むつ》を縫う毎日であった。ちょうど六月で、木々は新緑、さまざまな小鳥が一日中啼き騒いでいる。東京の下町育ちの菊は、庭へくる小鳥の種類の多さに驚いた。腹の重苦しさを別にすれば、かつて経験したことのない静謐《せいひつ》な日々であった。

その腹の重苦しさのせいで、夜ふけに、ふっと目醒めることがあった。両手で、なだめるように撫《な》でさすっていると、きまって夜空に谺《こだま》を呼ぶような甲高い鳥の啼き声がきこえた。まだ夜明けも遠い真夜中なのに、自分とあの鳥だけが目醒めている、と菊は思った。菊は、その鳥に励まされているような気がした。

ある日、菊は、その真夜中に啼く鳥のことを姑に尋ねてみた。

「暗くなってから啼く鳥はなんぼもあるけんど」と姑はいった。「細い声で威勢よく啼くのな、それとも、太い声でぼそっと啼くのな。」

「威勢よく啼く鳥です。」と、菊は即座にいった。「よく通る声で、遠くで啼いてもよくきこえるんです。」

「したら、ほととぎすだえせ。」

と姑はいって、口で啼き方を真似《まね》てみせた。あまりうまくなかったが、似ていないこともなかった。

「そうです、そういう啼き方をする鳥です。」と菊はいった。「あれが、ほととぎすですか。名前だけは聞いたことがありますけど。ちょっと変わった啼き方をする鳥ですね。」

「なにかを喋《しゃべ》ってるふうにきこえるえ？」

「喋ってるというより、叫んでるようにきこえますね。」

「あれはな、こういうてるのし。」

姑は、ほととぎすの啼き声を解説してくれた。人間の言葉に直せば、

あっちゃ飛んでったか
こっちゃ飛んでったか
弟恋し　弟恋し

そう繰り返し叫んでいるのだという。

「それじゃ、自分の弟を探してるんですね？」

「んだえ。」

「弟と、はぐれちゃったんですか？」

「はぐれたんじゃねくて、弟を殺したら、ほととぎすになったのせ。」

姑の口から、殺すという言葉がすらりと出たので、菊は驚いて息を呑《の》んだ。

「このあたりの昔話よ。」と姑はいった。「人間の兄弟がおってな、山さ芋掘りにいってきたど。で、気持の優しい弟は兄さ旨《うめ》えどごばかしを食わせる。ところが、意地穢《きたね》え兄は、ひとにこうも旨えどごばかしを食わせるくらいだら、自分はさぞかしもっと旨えどごばかし食うておるにちげえねえと疑って、弟を殺して、膨れた腹を裂いでみだど。」

え、と菊は、思わず驚きの声を洩《も》らした。

「随分残酷なお話。」

「昔話には、むごい者がなんぼうも出てきよる。もっとむごたらしい話もあるがえ。」

菊は、もうたくさん、と顔の前で掌《て》を振った。すこし気分が悪くなっていた。

「したら、ほととぎすのつづきだけんど」と姑は言葉を継いだ。「膨れた腹を裂いてみたところ、なかには屑芋《くずいも》ばかし詰まっていたんだと。兄は、びっくりもし、後悔もしたせのう。そんで、死んだ弟が生まれ変わったほととぎすに、自分もなって、あっちゃ飛んでったか、こっちゃ飛んでったか、弟恋し、弟恋し、と啼きながら夜を日に継いで探し歩いているんだて。」

姑は、血の気を失った菊の顔を一瞥《いちべつ》して、口を噤《つぐ》んだ。

それ以来、菊は、ほととぎすの啼くのを耳にするたびに、姑が話してくれた昔話を思い出して、厭《いや》な予感に怯《おび》えるようになった。これまで万事に優しく行き届いた心遣いを見せてくれていた姑が、なぜ臨月の妊婦の自分に、たとえ昔話にしろ膨れた腹を切り裂くなどという話を聞かせたのか、菊には不可解でならなかった。菊は、昔話をし終えて自分を一瞥した姑の目のなかに、思いも寄らない悪意が仄《ほの》めくのを見たような気がしていた。すると、やはり自分の姑の胸底にも、手塩にかけた自分の息子を横取りした者への憎しみが澱《よど》んでいるのだろうか。菊はそう考えて、物悲しい気分に陥った。

それから何日かして、陣痛がきた。明け方にきて、絶えず渚《なぎさ》を洗う波のように、寄せては退《ひ》き、退いては寄せしながら、すこしずつ高まり、やがて堪え難いまでになった。これまでに経験したものとは全く異質の、我慢の限界さえ見当がつきかねる激痛であった。

姑は枕許に正坐《せいざ》して、菊が拳《こぶし》に握って枕の脇《わき》に上げている両手の手首をしっかりと敷布団《しきぶとん》に抑えつけていた。菊は、目をきつくつむっていた。それは痛みのためでもあり、姑の顔を見たくないからでもあった。菊の目には、頭の方から自分の顔を覗《のぞ》き込んでいる姑の顔がいつもとは逆様に見え、その逆様の顔が時として全く見知らぬ他人のようにも、また般若《はんにゃ》のようにも見えて、おそろしかったからである。

助産婦は、時々洩らす独り言の様子では、足許の方に蹲《うずくま》っているらしかった。痛みで、呼吸もままならなくなったとき、菊は姿の見えない助産婦へとぎれとぎれに声をかけた。

「……お産婆《さんば》さん。」

「あい、ここであんすよ。」

「まだ、でしょうか。もう、息がしにくいくらい、痛いのですが。」

「まだまだ。」という助産婦の声が、笑いを含んでいた。「障子の桟が見えますべ？」

菊は、霞《かす》みそうになる目に力を集めて障子を見た。桟はまだ見えている。

「見えます。」

「せば、まだでやんす。障子の桟が見えてるうちは、生まれゃんせんだ。」

すると、これからまだまだ痛みが増すのだろう。これ以上の痛みに、果たして自分は、自分の命は、堪えられるだろうか。菊は、姑の顔を見るために目を開けた。けれども、痛みのせいか、視線が定まらなくて、目鼻立ちがよくわからなかった。お義母《かあ》さん、と菊は呼んだが、声が出なかった。菊は呻《うめ》いて、身悶《みもだ》えた。声が出るなら、こういいたかったのだ。

「お義母さん、もう堪忍《かんにん》してください。楽になるものなら、お好きなように、いつかのほととぎすの兄さんのようにでも、してください。」

そのとき、さいわい、体に余計な傷を作らずに産むことができた長女は、嫁いでもう八年になる。夫は、額に入れた姑の写真を小屋の本棚の上にも飾っていて、毎朝、一輪ざしに野の花を摘んで手向けている。

そろそろ独りでここを引き揚げようかと思い立った朝、菊は、ヴェランダの籐《とう》椅子でパイプをくゆらしている夫にいった。

「若いころ、お義母さんから伺ったほととぎすのこと、思い出したわ。」

夫は、どんな話だったか、もう忘れていた。

「ほととぎすが、なんて啼いてるかってことですよ。」

「ああ、あの話か。つまらんことを考えつづけてたもんだな。」

「やっと思い出したの。いい？　あっちゃ飛んでったか、こっちゃ飛んでったか、弟恋し、弟恋し。」

「ふん。」と、夫はパイプを口から離した。「そういえば、子供のころにそんな話を大人たちから聞かされたな。兄弟がどうとかして、ほととぎすになる話だろう。」

「そうよ。」

「僕の田舎の、昔話だよ。」

「そう。昔々のお話よ。」

と菊はいった。

おとしあな

しくじった。落とした入れ歯を拾うのは用をすっかり済ませてからにすればよかった。入れ歯は逃げやしないのだから、なにもあわてることはなかったのだ。

いま、独りで家のなかの北側の密閉された一隅にいるのだが、ひどく手狭で窮屈な場所ながら、こうして居坐《いすわ》っている限り誰に煩《わずら》わされる気遣いもない。落とし物はそのままそこにあるのだから、ありかさえ見届けておけば、いつでも拾える。入れ歯も、はじめは床に弾む音だけがして、どこへ転げていったものやらわからなかったが、うずくまってみると、すぐ見付かった。壁に取り付けられている白い陶製の水槽のかげで暮れ方の蛍のように光っていた。小粒でも、純金だから、並の入れ歯とは光り方がちがう。

あれ、あんなところまで転げてる。さぞかし埃《ほこり》にまみれたろうが、見たところ、さしたる損傷もなさそうで、あれなら歯医者の手を煩わすこともないだろう。落とした場所が場所だから、拾ってもすぐ口に入れる気にはなれそうもないが、埃を洗い落とせばまだまだ使える——そう思って、胸を撫《な》で下ろしたところまではよかったのだが、そのあと、せっかく床に膝《ひざ》を落としたのだから手も突いて、入れ歯の方へにじり寄ろうとしたのがいけなかった。

容易に拾えそうに見えた入れ歯は、腕をいっぱいに伸ばしても指先がわずかに届かなかった。何度試みても、もうすこしのところで届かない。そのうちに、肩と腰がくたびれてきておなじ姿勢を保つのが難しくなったが、情けないことに、もはや身を起こして立ち上がる力がなくなっていた。堪《たま》らずに、腹這《はらば》いになった。いくら痩《や》せ枯れた年寄りでも、こんな場所で腹這いになるのは窮屈この上もない。体の片側は、壁面にぴったり押し付けられ、足の先は多分ドアだと思われるひんやりした物に支《つか》えるから、膝のところからお尻《しり》の方へ折り曲げねばならなかった。なんという恰好《かっこう》。まるで、ぐうたらな田舎の子みたいだ。田舎の子は、退屈凌《しの》ぎに、よく畳の上にこんなふうに寝そべって足をばたりばたりとさせながら読み飽きた漫画本をめくっている。

そのときが、やはり用を足すのを先にしようと思い直す最後の機会だったのだが、いまはもう鼻の先に転がっている入れ歯から片時も目を離せなくなっている。入れ歯はさっきより近くに見えた。このまま手を伸ばせば今度こそ届きそうだった。けれども、窮屈な腹這いの姿勢から手を伸ばすのは思いのほか困難であった。無理に体を動かそうとすると、あちこちの骨がこくっこくっといまにも崩れそうな音を立てる。やっと指先が届いたが、つまむことはできなかった。つまみ損ねて、却《かえ》ってすこし遠くなった。苦労して、ほんのすこし這い進む。けれども、届いた指先はまたしても入れ歯を小突いたにすぎない。入れ歯はむこうへひと転がりする。待ちなされ。どこへいくのだ。またじりじりと這い進む……。おかしなことになってしまった。

用を足すより先に入れ歯を拾う気になったのは、幼馴染《おさななじ》みのオムラの災難が、ちらと頭をかすめたせいかもしれない。いまは北の在所の村で寝たきりになっているオムラのことは、死んだ息子の嫁に引き取られて東京暮らしをするようになってからも時々思い出しては案じているが、十年ほど前、まだ中風で倒れる前のオムラに降りかかったちょっとした災難噺《ばなし》は、すっかり忘れて思い出すこともなかった。ところが、つい今し方、入れ歯を落としたことに気づいた途端にひょっこりよみがえったのである。

思えば、オムラも、厠《かわや》で居眠りしているうちに大事な入れ歯を失うという不運に見舞われたのであった。入れ歯は新調したばかりで、まだ口に馴染んでいなかったらしい。間が悪かった。居眠りといっても、ひとりでに抜け落ちた入れ歯が陶製の金隠しに当たって音を立てるまで知らずにいたというから、オムラはおそらく口を開けたまま思いのほかに深く寝入っていたのだろう。

はっとして目醒《めざ》めたときには、もう入れ歯はどこにも見当たらなかった。在所の古い農家の厠は、いまだに昔ながらの汲み取り式で、板の床の中央に金隠しが据えてあるほかは、片隅に落とし紙を入れる木箱が一つ置いてあるきりである。その木箱にも見当たらないとなれば、弾んだ拍子に金隠しのなかへ飛び込んだのだと思うほかはない。金隠しの楕円形《だえんけい》の穴からは床下に広がる汚物の海が見えている。

以前、自分たちの手で汲《く》み上げて畑の肥料にしていたころは、汚物といえどもある種の親しみを抱いていたものだが、必要に応じて役場へ頼めば隣町の業者がバキュームカーで汲み取りにきてくれる世の中になってからは、親しみなど跡形もなく消えて汚物は汚物としか思えなくなっている。汚物を渫《さら》えば落とし物は見付かるだろうが、もはやそれを洗い清めて再び口のなかへ戻す気持にはなれなかった。あれは一つの災難だった、あの入れ歯は自分の身代わりになって汚物の海へ落ちてくれたのだ――そう思うことにして、オムラは落とした入れ歯を諦《あきら》め、もういちど新調したのだが、今度のはうまく口に馴染んでいるとみえて、いまだになんの愚痴もきこえてこない。

そんなオムラのことが頭をかすめたから、咄嗟《とっさ》に落ちた入れ歯のゆくえが気になったのだろう。けれども、ここは在所の農家の厠ではない。おなじ厠でも、汲み取り式ではないから、楕円形の大穴のあいた金隠しもないし、床下に広がる汚物の海もない。落とした物は、どんなに弾み、転がったところで、狭い床のどこかにあるにきまっている。オムラの場合とはまるで事情がちがうのである。

場所ばかりではなく、入れ歯を落とすに至った経緯もちがっている。オムラは居眠りしているうちに落としたが、こちらは醒めながらにして落としたのだった。ようやく馴れた洋式便器に腰を下ろして、うっかり欠伸《あくび》をしたのがまずかった。それが、我ながら呆《あき》れるほどの大欠伸になって、顎《あご》がいまにも外れそうに軋《きし》んだ。すると、前歯二本分をブリッジで繋《つな》いでいた入れ歯が、まことにあっけなく抜け落ちたのである。

年々、歯茎が痩せて、唾液《だえき》も涸《か》れてくるせいか、口のなかが何かにつけてしっくりいかなくなっているのに気づいてはいたが、まさか入れ歯がこれほど外れ易《やす》くなっているとは思わなかった。まず太腿《ふともも》に当たって、それから床に落ちたのはわかっていたから、別段あわてることはなかったにしても、なにしろ死んだ息子が古稀《こき》の祝いに奮発して拵《こしら》えてくれた金の入れ歯だから、急いであとを追わずにはいられなかったのだ。

……じりじりと這い進む、芋虫のように。進んでいるのかどうかはわからないが、ともかく緩慢に、辛抱強くもがきつづける。時々、肩の痛みを怺《こら》えて片腕を伸ばしてみる。何度か指先が入れ歯に触れたから、やはり、すこしは進んでいるのだ。けれども、辛うじて一本の指先が触れるだけで、つまみ取ることも掻《か》き寄せることもできない。指一本だけではただいたずらに突っ突くばかりで、入れ歯はその都度すこしずつ遠ざかる。それを追って、またもがきはじめる、芋虫のように……。

それにしても、この都会の厠の窮屈さ、息苦しさはどうだろう。まんなかに白い陶製の蓋《ふた》付き便器と、おなじ陶製で手洗いを兼ねた箱型の水槽。リモコンで洗滌《せんじょう》のための温水や温風を便器へ送る装置を納めたプラスチックの箱。それらを繋いでいるさまざまな太さの真鍮《しんちゅう》パイプ、何本ものコード。ほかに、便器洗いの用具や洗剤が隅の方に寄せてある。男でも女でも、普通の体軀《たいく》だったら床にうずくまることさえ不可能だろう。どうにか腹這いになって便器や水槽のかげに潜り込めたのは、自分のことながら不思議としか言い様がないが、気がついてみると、いつの間にか首にはコードが絡《から》みつき、腕は何個所も真鍮パイプの隙間《すきま》に挟まれて、窮屈どころか、もはや身動きさえもままならなくなっている。息苦しいこと、おびただしい。

こんな体勢ではこの先とても長保《ながも》ちしそうにもないから、ここらでひとまず打ち切りにしよう。入れ歯がなければ物を食うのに困るから、夕飯までにもっと身軽ないでたちに替えてやり直せばいい。それとも、夕刻には病院の薬局で働いている嫁が帰ってくるから、頼んで拾ってもらおうか。厠で入れ歯を落としたといえば嫁は呆れて笑うだろうが、こんな難儀を繰り返すよりは多少恥ずかしい思いをする方がまだましである――そう思って、後戻りしようとしたのだが、時すでに遅しで、もはやそれも叶《かな》わなくなっていることがすぐにわかった。これまでとは逆に、腹這いのままじりじりとうしろへ進めばいいのだが、意外なことに、それすらできなくなっている。体は、洋式便器の根元を抱くような恰好に折れ曲がっている上に、もともと乏しい体力がもがきにもがくことですっかり使い果たされて、肘《ひじ》や膝で上体をほんのすこしだけ持ち上げることさえもできない。文字通り、二進《にっち》も三進《さっち》もいかなくなっているのである。

　諦めて、無駄な身動きは一切よすことにした。けれども、体を動かす力は戻ってくるだろうか。くるとすれば、それは何時《いつ》のことだろうか。自分独りではどうにもできないのであれば、誰かの助けを借りねばならないが、あいにくこの家では嫁と二人暮らしで、嫁が勤めから戻るまでは自分独りきりである。たとえ、電話をよこしたり玄関にきてチャイムを鳴らしたりする人がいたとしても、誰も出なければ、相手は怪しむこともなく、ただ留守かと思うだけだろう。あとは、せいぜい悲鳴を上げるだけだが、いまは自分で窓も開けられないのだから、この密閉された家の片隅でいくら嗄《しわが》れた叫び声を上げたところで、近所の誰の耳にも届きやしない。

　嫁には笑われそうだから話さずにいるが、正直いって、都会の厠は最初から虫が好かなかったのだ。見るからに物々しくて、よそよそしくて、とてもそこが真底安らいだ気持で用を足したり、考え事に耽《ふけ》ったり、他人に聞かれたくない愚痴をこぼしたり、思い切り溜《た》め息《いき》をついたりできる場所だとは思えなかった。厠のくせに、それらしい臭《にお》いがしないところも気に入らなかった。在所の厠は屋外だったが、それにも拘《かかわ》らず目に滲《し》みるほどの濃い臭いが常に充満していたものであった。臭いばかりではなく、朝には朝の、夜には夜の鳥の啼《な》き声、雨風の音が手に取るようにきこえて、気持がなごんだ。満ち足りて、トタン屋根に栗《くり》の実が落ちて転げる音や、どこからか迷い込んだ虻《あぶ》が出口を探して飛び回る羽音に耳を澄ましているのも、悪くなかった。

ところが、都会の厠は、まるで水屋の一部であるかのように取り澄ましていて無臭、時には、道で若い女とすれちがったあとのような厠にはあるまじき芳香を漂わせていたりする。鳥といえば、がさつな鴉《からす》とヒヨドリだけ、雨は瓦《かわら》に吸い込まれていつ降り出したやら止《や》んだやらわからない。洋式便器の腰高なことにもなかなか馴れることができなくて、困った。できるだけ浅く腰掛けても、足の裏が床に届かないのである。体が宙に浮いたままでは、落ち着いて用は足せない。

いちど、突然どこかのパイプの継ぎ目が外れて、噴き出した水が水槽から溢《あふ》れ、前の廊下まで水浸しになったことがあった。さいわい嫁が出かける前だったから、すぐ業者に連絡して大事には至らなかったが、もし独りのときだったら、どんなことになったか知れない。それ以来、都会の厠は油断がならないと思いつづけてきたが、こんな落とし穴まであるとは思わなかった。

すべては嫁が帰ってくるまでの辛抱だと思っていたが、よく考えてみると、そうではなかった。嫁一人の力ではどうにもならないことが、一つだけあった。この厠のドアを開けること。というのは、ドアにはしっかり内鍵《うちかぎ》がかけてあるからだ。玄関のドアなら、合鍵で容易に開けられる。帰ってきた嫁は、家のなかが静まり返っているのを訝《いぶか》りながら入ってきて、あちこち探し回るだろう。当然ここへもきて、ドアをノックするだろう。そのとき返事ができればいいのだが、声が出ないようなら拳《こぶし》で床を叩《たた》くほかはない。たとえ、その音が耳に届かなくても、ちょっと把手《とって》を引いてみるだけでそこに人がひそんでいることがわかるはずである。内鍵がかかっているからである。

なぜ、独りきりなのに内鍵をかけたりしたのだろう。思い出して、そのことに気づいたとき、後悔の念で思わず目をきつくつむってしまったが、なぜなのかは自分でもわからなかった。思うに、子供のころから身についている習慣で無意識のうちにそうしたのではなかろうか。育った在所の厠は屋外だったから、なにはともあれ戸に内鍵をかけるのが娘たちの常識であった。それがこの齢《とし》になっても消えずにいて、手がひとりでに動いてしまうのである。

嫁は、ドアを揺さぶって、早く内鍵を外しなさいと叫ぶだろう。けれども、それができるくらいならとっくに自分で外へ出ているのだ。仕方なく呻《うめ》き声だけ上げていると、嫁はようやく異常事態に気がつき、あれこれ試みるが、とても自分一人の手には負えないと観念して、結局、警察に連絡して救出を依頼する。やがて、救助隊がサイレンを鳴らして駈《か》けつけてくる。ドアは破壊するほかないだろう。隊員たちは、便器や水槽や真鍮パイプの間に嵌《は》まり込んで気を失いかけている自分の体をいためないよう苦心しながら引きずり出して、担架に乗せる。救急車がやってくる……なんたる騒ぎになることか。

——豆腐屋のラッパが絶え絶えにきこえる。もう大分陽が翳《かげ》ったとみえて、厠の床に澱《よど》んでいる暮れ方の気配もだんだん濃くなってくる。寝たまま抱くように体の前面を押し当てている陶製の便器が、いまは昼間のぬくもりを失って冷え冷えしている。あまり丈夫でないはらわたが、ごとごとと不安げな音を立てはじめている。

ちいさな嚔《くしゃみ》をつづけざまに二つして、また小水を、ほんのすこしだけ洩《も》らした。先刻から、間遠く嚔をするたびに、ちびている。無理もないことで、もう小水は随分溜まっているのだ。もともと、小用を足すためにここへきたのであった。ところが、入れ歯を追うのに気を奪《と》られていて、肝腎《かんじん》の用はすっかり忘れていた。嚔でちびて、思い出したが、困ったことにいちど思い出した尿意はちびるたびに高まってくる。

　ここから救い出されるまでには、どれほどの時間がかかるものやら見当もつかないが、この分では、もうそんなに長くは保ちそうもない。子供のころから、粗相などいちどもしたことがなかったのだが、いまは、こうして怺えながらも延々とちびりつづけるほかはなさそうである。

　それにしても、厠にいながら粗相をすることになるなんて！

　情けなさで、目も頭もぼんやり霞《かす》んでくる。おや、座敷童子《わらし》が洟《はな》をすり上げている、と思った。洟をすする音が確かにきこえた。座敷童子というのは、在所の古い家に棲《す》むといわれている子供の姿をした妖怪《ようかい》で、これが時々、障子のかげで洟をすすり上げては独り居の老女をからかうのだという。子供のころに母親から聞かされたそんな話を思い出しながら、頭をわずかにもたげてみたが、怪しい者の気配はなかった。

　こんな居心地の悪い都会の厠などに、座敷童子がいるわけがない。しきりに洟をすすりながらめそめそしているのは、ほかの誰でもない、自分であった。

チロリアン・ハット

すこし気の早い夏服の仮縫いを済ませて、売場の奥の小部屋から出てくると、やがて定年を迎えるというショップマスターが、応接用のソファの背に脱いでおいた彼の帽子の上に身を屈《かが》めて、興味深げに見入っていた。

「終わりました。」

背後から声をかけると、ショップマスターは急いで身を起こして振り向いた。

「お疲れさまでした。」

「帽子がどうかしましたか。」

「いいお帽子だと思って、つい見惚《みと》れてました。」

コーデュロイの、ベージュや緑や焦茶《こげちゃ》の端切《はぎ》れを、パッチワークのように縫い合わせただけの不細工な帽子で、ショップマスターの言葉は見当違いのお世辞だとしか思えなかった。

「なに、野暮な帽子ですよ。」と、彼は苦笑いしながらいった。「なにしろ田舎町のちっぽけな洋品店の棚の隅で埃《ほこり》をかぶってた代物《しろもの》ですからね。」

それは嘘《うそ》ではなくて、去年の秋、日に日に冷え込みが厳しさを増していたころ、彼は、暖炉の薪《まき》を割るときに用いる防寒具の耳掛けが欲しくて、仕事場のある信州の高い連峰の麓《ふもと》から高原鉄道の駅前まで降りてみたのだが、肝腎《かんじん》の耳掛けは探しあぐねて、結局、代わりにそのコーデュロイの風変わりな帽子を手に入れたのであった。棚から下ろして、埃を払ってもらうと、不細工なところに思いのほかのぬくもりが感じられた。鍔《つば》がすこし広く作られているのも気に入った。かぶってみると、薄くなりはじめた頭にぴったりで、暖かい。彼は、買ったばかりの帽子をかぶって山麓《さんろく》の仕事場へ帰ってきた。

「掘り出し物をなさったわけですね。」と、ショップマスターはいった。「そんなふうにして、もう随分お集めになったでしょう。」

「いや、帽子は好きだけど、集める趣味はないから。たまに衝動買いするだけです。」

「でも、たくさんお持ちのようで。この前は確か黒のハンチング・ベレでいらっしゃいましたね。」

彼は、ショップマスターがよく憶《おぼ》えているのに驚いた。

「あなたこそ帽子に特別の関心をお持ちのようだな。」

「ええ、弟の影響で。」と、ショップマスターは目を伏せていった。「弟は、帽子とその蒐集《しゅうしゅう》をたった一つの趣味にしていたものですから。いまは蒐集した帽子だけが残ってますけど。」

「……というと？」

「持主が突然あの世へいっちゃったからです。」

ショップマスターは、彼に椅子《いす》を勧め、女店員に飲みものをいいつけた。

「御病気だったんですか。」

彼は、肘掛《ひじかけ》椅子に腰を下ろしてから尋ねた。

「いいえ、交通事故で。車にはねられましてね。でも、はねた相手を責めるわけにはいきません。弟の方に落度があったんです。いきなり道へ飛び出して、そのまま横切ろうとしたんですから。横断歩道でないところを。」

「酒でも飲んでたんですか。」

「いいえ。酒は飲めないたちでしたから。帽子のせいですよ。」

「帽子の？」

「帽子への愛着が、皮肉にも弟の命を奪うことになったんです。」

ショップマスターの話によると、彼の弟はもともと翻訳家だったが、数年前からは郊外にある私立女子大の講師もしていて、講義のある日だけ都内から電車を乗り継いで郊外の大学へ出講していた。その日も——というのは去年の春先のことだが、弟は朝、いつものようにお気に入りの帽子をかぶって家を出た。あいにく風の強い日で、弟は、帽子を吹き飛ばされないように絶えず右手の指先で鍔の前の方をきつくつまんでいなければならなかった。

住宅街を通り抜けるまでは、何事もなかった。酒屋の角を曲がって、駅前通りに出たとき、突然、歩道を掃くように吹きつけてきた一陣の風が、弟の足許《あしもと》から舞い上がって体の前面を駈《か》け昇った。弟は、咄嗟《とっさ》に顔をそむけたが、右目に刺すような痛みをおぼえ、思わず右手を帽子から離して目を抑えた。

帽子は、容易に弟の頭から飛び去った。弟は、それが車道に落ちて転がるのを片目で見た。弟はなんの躊躇《ためら》いもなくガードレールを跨《また》ぐと、腰を屈めて転げる帽子を追いかけていった。

職場にいた彼は、知らせを聞いて救急病院へ駈けつけた。弟は虫の息で、なにが起こったにせよ帽子の鍔から指を離したのが迂闊《うかつ》だったと、しきりに悔いた。それから、「帽子は？　帽子は？」と呟《つぶや》きながら息を引き取った。

「……お気の毒でしたね。」と、すこし間を置いてから彼はいった。「実は、僕もよくそんな夢を見るんですよ。風に吹き飛ばされた帽子をつんのめりそうになりながら追いかける夢を。でも、僕のは、いずれは醒《さ》める夢ですからね。」

「弟は追っかけたままあの世へいっちゃった。」と、ショップマスターは仕方なささそうに笑っていった。「だけど、弟にはある満足感があったんじゃないでしょうか、なにしろ好きな帽子と心中したようなもんですから。ただ、兄貴としましては、正直いって弟の遺《のこ》したすくなからぬ蒐集物には頭を抱えているんです。」

ショップマスターには、帽子に趣味の持ち合わせがない。たかが帽子だが、形見だと思えば置き場にも困るし、ましてや、ひと纏《まと》めにして古物商へ売り払ってしまう気にもなれない。

「未亡人の御意向はどうなんですか。」

「申し遅れましたが」と、ショップマスターがいった。「弟はずっと独身を通しましてね。家庭も持たずに、帽子にうつつを抜かしていたわけです。ですから、弟の遺品は私の一存でどのようにでもできるのですが……。」

ショップマスターは、ちょっとの間、口籠《くちごも》っていたが、やがて、

「唐突なお願いで驚かれるでしょうが、もしよろしかったら、弟の遺した帽子を一つもらって頂けませんでしょうかね。」

といった。

実際、彼は驚いた。まさか、そんな話になるとは思わなかったからである。

「あなたのような帽子に趣味をお持ちの方にもらって頂ければ、弟も喜ぶと思うんで

す。供養《くよう》になります。」

彼が返事に戸惑っていると、ショップマスターが椅子から身を乗り出してそういった。

彼は、いかにも帽子に趣味を持っているが、当然のことながら彼なりの好みがあって、帽子ならどんなものでもいいというわけではない。ショップマスターの亡弟の遺品を一つ分けてもらうにしても、いちどそれらを残らず見せてもらう必要がある。

「勿論《もちろん》です。弟の持ち物は全部私が引き取ってありますから、いちど折をみて拙宅へ御案内します。」

ショップマスターはそういっていたが、それから十日ほどすると、思いのほか早く仕立て上がった洋服を自分で届けにきてくれて、いまひと息入れる余裕がおありなら先日お話しした件でほんのすこし時間を割いて頂けないだろうか、といった。訊《き》くと、自分の車できていて、ここから自宅までは大した距離ではないという。断わる理由はなにもなかった。

仕方なく外出の身支度をしながら、彼はいささか気が重かった。蒐集された帽子のうちに、彼の気に入るようなものがあればいい。供養になるというのなら、それをもらってあげてもいい。けれども、蒐集者と自分の好みがちがいすぎて、これならと思えるものが一つもない場合も考えられる。そんなときは、お互いに気まずいことになるのではないか。

「今日は見せてもらうだけにしようかな。」

彼は、走る車のなかで、独り言にしては大きすぎる声でそんなことをいったりした。

遺された色も形もとりどりの帽子は、全部で三十個ほどもあっただろうか。それらを、ショップマスター夫婦が次々と二階から運び下ろしてきて、当世風建売住宅の居間を忽《たちま》ち帽子売場に変貌《へんぼう》させた。

「さあ、どれでもお好きなものをお選びください。」

ショップマスターが両手を横に大きくひろげていった。

「弟さんが亡《な》くなる直前に追いかけていたのは、どれでしょう。」

彼は、まずそう尋ねた。それだけは、どんなに好ましい帽子でも敬遠したかったのだ。

「あれはもう、ありません。柩《ひつぎ》に入れてやったんです。」

彼はほっとして、自分を囲んでいる帽子の群れを見渡した。家で身支度をしていたときに感じた危惧《きぐ》がよみがえってきた。遺品の帽子には、女子大の独身講師だった故人の生活や好みを反映して、色といい形といい、垢抜《あかぬ》けして、スマートで、都会的な華やかさを備えたものが多かったのである。

故人とはおよそ反対の趣味を持つ彼は、やっぱりそうかと失望したが、一つ一つ、つぶさに眺めているうちに、これは悪くないと思われるものを一つだけ見付けた。

鶯色《うぐいすいろ》のチロリアン・ハットである。

彼は、ソファから立っていって、電話機にかぶせてあるその帽子を自分で取ってきた。

「それがお気に入りましたか。洒落《しゃれ》たチロリアンでしょう。」

ショップマスターがいった。

「僕にはちょっと上等すぎるけど、この種の帽子は一つも持ってませんのでね。」

鍔の付け根に金色とも見える濃い黄色の紐《ひも》が巻いてあり、左側の紐のすこし上のところには、先が針になった純白の鳥の羽根が斜めに刺してある。全体に見て、どこにも汚れや崩れがない。

「まるで新品みたいですね。」

「弟はマンションの部屋や屋上でばかりかぶってましたから、新品だといっていいと思います。多少ヘアトニックの匂《にお》いが残ってるかもしれませんけど、汗はいちども染《し》みてないはずです。弟は山に憧《あこが》れてましたけど、やつには勇気と体力がなかった。気がくさくさすると、よくこのチロリアンをかぶって屋上へ昇るといってましたよ。屋上からは遠く秩父《ちちぶ》の山々が見えるんです。」

ショップマスターは目を潤《うる》ませていった。

彼は、そのチロリアン・ハットをもらうことにした。彼には山登りの趣味はないが、信州の山麓で散歩をするとき、こいつをかぶって、狐《きつね》や狸《たぬき》をびっくりさせてやろうと思ったのである。

その夏、彼は三週間ほど籠るつもりで信州の仕事場へ出かけた。新しく自分の所有物となったチロリアン・ハットも、形を崩さぬように工夫して携行したのはいうまでもない。

山麓は、着いた日も入れて三日間雨で、四日目にようやく晴れ上がり、連峰が濃緑の山容をくっきりとあらわした。彼は、仕事場に滞在中は、午後陽が傾くころには仕事に一区切りをつけ、一時間ほどあたりを歩き回ってきて、一風呂《ひとふろ》浴びてから晩酌にとりかかるのがならわしである。その日も、彼は窓の外の風景の翳《かげ》り具合からすでに陽が傾きはじめたのを知ると、いそいそと散歩着に着替え、チロリアン・ハットをしっかりとかぶり、スニーカーを履いて仕事場を出た。

彼の馴染《なじ》みの散歩道はすべて土の道で、三日ぐらいの雨なら難なく吸い込んで泥濘《ぬかる》みもしない。道は、スニーカーの靴底にしっとりとして、快かった。道端には大待宵草が咲き列《つら》なり、藪《やぶ》のなかではまだ鶯が啼《な》いていた。

しばらくして、彼はふと、自分が聞き馴れない足音を立てて歩いているのに気がついた。おかしなことに、彼は自分の散歩コースにはないアスファルト道路を歩いていたのだ。彼は、立ち止まってあたりを見回した。落葉松《からまつ》と白樺《しらかば》の木立は見馴れたものだが、その樹間からちらほらしている山荘風の建物には、見憶えがない。

けれども、道端には大待宵草が咲いているし、藪では鶯が啼いているのだから、ここもおなじ山麓のどこかには違いない。それにしても、どこからいつものコースを外れてしまったのか、彼には全く憶えがなかった。こんなことは彼には初めての経験であった。

でも、まあ、いいか、と彼は、呆気《あっけ》に取られている自分をとりなすように思った。気ままな散歩なのだから、初めての道を歩いてみるのも一興だろう。それに、いつものコースを外れているだけで、そう遠くまできているとは思えない。おなじ山麓なら、歩いているうちに見憶えのある道か風景に出会うはずである。

アスファルト道路は、かなりな勾配《こうばい》の登り坂になっていた。彼はそこをゆっくりと登りはじめた。

　間もなく、坂をくだってくる二人連れの登山者に出会った。一人は、目に力があり、足取りもしっかりしていたが、もう一人には疲労の色が濃く、片手を連れの肩に置いて左足を軽く引きずっていた。

「こんにちは。」と、表情にも体力にも余裕のある方が彼に会釈《えしやく》しながら快活な声でいった。「ちょっと伺いますが、この先の高原ホテルまでは、距離にしてどのくらいでしょう。」

「そうですね……せいぜい二キロぐらいだと思います。」

　彼は答えた。登山者の言葉で、このアスファルト道路が高原鉄道の駅から連峰の一つの登山口に通じている道だと理解できたのである。登山者たちは礼をいってすれ違っていった。

　いまや彼の頭のなかには、この山麓一帯の地図がくっきりと浮かんでいた。なんのことはない、先刻いつの間にかアスファルト道路を歩いていることに気づいたあたりから、一本しかない土の脇道《わきみち》を五百メートルほど戻ると、いつものコースに出られるのである。

　けれども、彼は引き返さなかった。そうとわかれば、なにもあわてることはない。

この先に登山口がある。彼はまだそこまでいったことがなかったが、一年の半分は山麓で暮らしているのだから、いちどぐらいは登山口を見ておいた方がいい。

この連峰の登山は、もともと尾根伝いの縦走こそが醍醐味《だいごみ》だとされていて、途中にある登山口は、むしろ縦走の落伍者《らくごしゃ》のための下山口のようなものだと聞いている。すると、先刻の登山者たちも、足を挫《くじ》いた落伍者と、それに付き添って下山してきた仲間の一人であったろう。そんなことを考えながら、彼はアスファルトの坂を登りつづけた。

気がつくと、目の前に登山口があった。道端に、あちこちペンキが剝《は》げ落ちて辛うじて〈鷹岳《たかだけ》登山口〉と読める角材の標識がぽつんと立っているきりで、そこから奥の方へ細い砂利道の坂が伸びている。あたりには茶屋も人気《ひとけ》もない。彼は、なにを期待してきたわけでもなかったが、すこしがっかりした。もう引き返そうと思った。

ところが、彼は動かなかった。せっかくここまできたのだから、百メートルだけ登ってみよう——そんな予期せぬ意欲が湧《わ》いてきて、戻ろうという気持とせめぎ合ったからである。結局、登ってみようという意欲が勝った。たとえ百メートルだけでも、自分は鷹岳へ登りかけたことになるのである。

彼は、砂利の細道を登りはじめながら、ちょっと首をかしげた。自分が、なぜ今日に限って意志通りに行動できぬのか。なぜ我ながら思わぬ行動にばかり走るのか、まるで別人になったかのように。

不意に、彼はかぶっていたチロリアン・ハットの鍔《つば》に手をかけた。もし、そのときハットを脱いでいたら、それに籠っていた前の持主の呪縛《じゅばく》が解けて彼は忽ち元の自分に戻れただろう。けれども、ハットの鍔に手をかけたのは、それを脱ごうとしたのではなく、ただ額の汗をぬぐうためであった。彼は、ハンカチを畳み直してポケットに戻すと、すこしあみだになったハットをかぶり直した。

彼は、砂利に足を滑らせながら、山道を登った。百メートルを過ぎたことにも、夕《ゆう》闇《やみ》が次第に濃くなることにも、気がつかなかった。もはや、引き返すことを彼は忘れていた。彼は、誰かに導かれてでもいるかのように、躊躇いもなく黙々と登りつづけた。

まばたき

旧友は、なにかにひどく驚いたようなまるい目を天井へ向けたまま、荒い呼吸を繰り返していた。けれども、病室の天井はただ薄汚れているだけで、寝ている病人を驚かすものなどあるはずもない。

見ていると、旧友の目は、嵌《は》め込まれたガラス玉のように全く動かなかった。じきに、その目がまるく見ひらかれているだけで実はなにも見ていないのだとわかった。顔を寄せても、なんの反応もなかった。

「どうしたんだろう。」

「中《あた》りゃんしてなす、テレビの相撲を観《み》ているうちに。」

彼を呼びにきた旧友の細君がいった。彼の郷里であるこのあたりでは、中風のたぐいで倒れることをおしなべて〈中《あた》る〉といっている。そういえば、この男は高校のころ相撲部にいたな、と彼は思い出した。

「意識は戻ってないみたいですね。」

「いいえ。」と細君はかぶりを振った。「先生もそうおっしゃいますけんど、おらはなんぼか戻ってると思うておりゃんす。」

それから細君は、ためしに亭主へ声をかけてみてくれないかといった。彼は旧友の名を呼んでみた。すると、どういう刺激のせいなのか、旧友は、まばたきを一つした。たったいちどだけだったが、まるで音がするような強いまばたきであった。

細君は、胸の前で勢いよく両手を組み合わせ、狂喜の面持ちで彼を見た。

「ほれ。いま、まばたきしゃんしたえ。これは、あんたさんのお声がわかったという証拠でやんす。父ちゃんは、目で返事したんでやんすよ。」

彼は、もういちど旧友の名を呼んでみたい誘惑に駆られたが、細君を困惑させることになっては気の毒だと思って、よしにした。細君は、彼の声にわずかながら反応を示したこの機を逃がすまいとするように、亭主の耳に口を寄せて熱心に語りかけていた。

ここは泌尿器科《ひにょうき》の病棟で、入院が長引きそうなので空室の多いこの病棟へ移されたのだが、驚いたことに、偶然、隣室に高校時代の思い出話によく出てくる級友の一人が胃潰瘍《いかいよう》をこじらせて入院していて、看護婦に確かめてから挨拶《あいさつ》に伺ったついでに、こちらの様子を見にきて頂いた——そんなことを細君は亭主に話して聞かせてから、主人はあなたのお声を耳にしてさぞかし意外に思っていることでしょう、といった。

「意外なのは、こちらもおなじです。」

と彼はいった。

まさか、こんなところで、寝台の上に肥満した四肢を投げ出して仰臥《ぎょうが》したまま泥人形のように微動だにしない旧友と再会することになるとは思わなかったのだ。

「あんたさんも運の悪いこってしたなあ。」

細君は眉《まゆ》をひそめて気の毒そうに彼を見た。郷里を出て、もう三十年越し東京暮らしをしている彼が、たまたま休暇をとって帰省中に、しかも人里離れた鉱泉宿で持病が再発してあやうく手遅れになりかけた不運を、口の軽い看護婦からでも聞き出したのだろう。

「ひどい目に遭いました。いつ、なにが起こるか、わからんもんですな。」

彼がそういったとき、不意に細君が小娘のような声を挙げて彼のパジャマの袖口《そでぐち》を摑《つか》んだ。

「いま、ごらんになりゃんした？　また、父ちゃん、まばたきしゃんした。きっと、おら共《ど》の話を聞いてたんでやんしょう。それで、あんたさんの言葉に共感の合図を送ったんでやんす。」

そのまばたきを見損なった彼は、返事に窮して、枕《まくら》の上の随分大きく見える旧友の赤ら顔を、黙って眺めた。相変わらず、ガラス玉のような目が飛び出しそうに天井を仰いだまま動かない。細君が我に返って、摑んでいた彼のパジャマの袖口をどぎまぎと放したのをしおに、お大事に、と彼は頭を下げて旧友の病室を出た。

隣室には、見舞客の気配もなく、時折、細君のぼやくような独り言と、医師や看護婦になにか訴えるような声が壁越しに低くきこえるぐらいで、一日の大部分の時間は空部屋のようにひっそりとしていた。夜ふけには、いつもおなじような、単調な鼾《いびき》がきこえた。もはや旧友には昼夜の別がないのだから、鼾は夜眠る習慣を守りつづけている細君のものだと思われた。この病院は完全看護なのだが、隣室では細君が泊り込みで病人に付き添っているらしい。

東京で暮らすようになってから、郷里とはすっかり疎遠《そえん》になって、いまは呼吸とまばたきしかしなくなっている旧友の近況についても全く知るところがなかったのだが、耳ざとい看護婦によれば、旧友は長年教職にあって、現在は郷里と浜つづきの小都市の教育委員会で主事を務めている由《よし》であった。

隣室の旧友を見舞ってから数日して、彼の主治医が退院の相談に病室まできてくれた。彼は、必要な話が済んでから、医師に旧友の容態について尋ねてみた。医師は、自分の担当ではないからと口籠《くちごも》りながら、手術さえ可能なら希望が持てるのだが、といった。

「患部がきわめて厄介なところにあるらしくてね。脳外科の連中も手を出したがらないのです。」

「すると、彼はずっとあのままですか。」

「心臓が堪えられる限りね。お気の毒なことですが。」

「時々、まばたきをしますね。」

医師は目を伏せてうなずいた。

「奥さんがそれに希望を託してたな、意識のある証拠だといって。」

医師はしばらく黙っていたが、やがて、

「でも、それでいいのじゃないでしょうか。そう信じられて、希望が持てるんだったら。私らはその希望をわざわざ打《ぶ》ち毀《こわ》すようなことはしないのです。」

と顔を上げていった。

退院の朝、彼は隣室へ別れをいいにいった。ところが、細君の姿は見えなくて、旧友だけが初めて見舞ったときとほとんどおなじ様子で病床に仰臥していた。彼は、戸口でちょっと躊躇《ためら》ったが、無人にも等しい病室の素っ気なさが彼を大胆にした。彼は、旧友の枕許《まくらもと》までいくと、

「じゃ、お先にな。ねばれるだけ、ねばれよ、相撲の選手だったころみたいに。」

と盆のような顔を見下ろしていった。

すこし待ってみても、旧友はまばたきをしなかったが、気のせいか、その目がすこし潤《うる》んだように見えた。彼は、ちょっと手を上げてみせて病室を出た。

細君は、売店へ買物にでもいったのかと思っていたら、そうではなかった。本館の玄関近くの、幅広い木の階段の太い手すりに手ぶらでもたれて、会計の窓口に群れる人々をぼんやり眺めていたのであった。彼は、一階の外来診察室にいる主治医に挨拶してから、玄関へ出てきて、それを見付けた。

彼は、階段の下までいって、手すりの細君を仰ぐようにして退院の挨拶をした。細君は、エプロンを外してまるめただけで、急いで階段を降りてくるでもなかった。

「そんなところで、誰か探してらっしゃるんですか。」

と尋ねると、

「なんも。ただ退屈だったすけになし。」

細君は、先に退院していく彼などにはもはやなんの関心もないというふうに、無愛想にそういった。

彼は、土地の患者たちのように退院後の念押し通院ができないから、せめて三週間にいちどずつ帰郷して病院を訪れ、手術や治療のあとを点検してもらうことになっていた。その負担の大きい通院は、結局三度でお仕舞いにせざるを得なかったが、その三度とも、彼は病院で旧友の細君を見かけた。彼女は、依然として退屈を持て余しているらしく、いつも外来患者で混雑している待合ホールを見下ろす階段の手すりに両腕を重ねていたが、見かけるたびに、前より全身に窶《やつ》れが目立つように思われた。髪や顔の手入れの仕方、衣服の色や柄の選び方、それの着方も、どこか投げやりで、品位に欠けてくるように見えた。

通院はこれが最後という日、黙って別れてしまうわけにもいかないような気がして、

「御主人、いかがです？」

と下から声をかけると、

「だんだん、いいみたい。おらがそばにいてもいなくても。」

と細君はいって、居酒屋の女のようにびっくりするほどの大口で笑った。

「いまでも、時々まばたきをしますか？」

「する、する。ウインクみたいなやつを連発してる。」

彼は、そういってわざとらしく笑い崩れる細君から目をそらすと、急ぎ足で玄関へ歩いた。

めちろ

市《まち》の博物館へ出かけているエリザベスの帰りが遅い。昼には車で発《た》つということだったが、もうとっくに三時を回っている。遅すぎる。車なら半時間とはかからぬ距離なのに、どうしたことか。なにか事故でもあったのか。それとも、この暑さに付き添いの方が参って、途中のどこか涼しいところで道草を食っているのだろうか。それならそれで気長に待つほかはないが、まさか、珍しいものならなんでも自分の物にしたがる博物館の連中が、例の欲を丸出しにしてエリザベスを手放しかねているのではあるまいな。

齢《とし》をとってからの悪い癖で、あれこれ取り越し苦労をしては気を揉《も》んでいるところへ、市まで迎えに出向いた迫田《さこた》から、やっと携帯電話で連絡があった。迫田は、村役場の職員で、隣に併設されている郷土民俗資料館の学芸員を兼ねている。

「まだ途中なんですよ。今日から学校が夏休みだし、夜は港の花火大会とうちのフェスティバルが重なってるせいだと思うけど、どの道も市を出る車でえらい混雑なの。エリザベス？ 勿論《もちろん》、一緒ですよ。御心配なく。みんな似たような恰好《かっこう》してるからね、帽子も洋服も靴も。うっかり間違えられたら困ると思ってたんだけど……いや、こっちじゃなくて、むこうの博物館の連中がさ。でも、へんな悶着《もんちゃく》が起こらなくて、よかったよ。」

うちのフェスティバルというのは、学生時代に自分のバンドでサキソホンを吹いていたという先々代の村長が、昔の仲間に声をかけて村おこしにはじめたジャズ・コンサートのことだが、ともすればひぐらしの合唱に圧倒されがちだった当初の演奏が、年々充実して催しの規模も大きくなり、いまでは会場の野外劇場の入口に屋台店が軒を列《つら》ねるほどの賑《にぎ》わいになっている。

市へ出たついでに、土用の丑《うし》の日にもありつけなかった鰻《うなぎ》を買ってきたから一緒に食おうと迫田がいうので、日暮れ前に資料館の事務室で落ち合うことにして仁作《じんさく》は電話を切った。

仏壇の扉を閉め、身支度をして背戸から裏の林檎《りんご》畑に出ると、むこうの森林公園の上にひろがっている茜色《あかねいろ》の空で客寄せののろしがつづけざまに弾《は》ぜた。仁作は、そのまま自転車で出かけるつもりだったが、のろしの音で思い直して、後戻りした。普段は戸締まりなど碌《ろく》にしたこともないのだが、よそ者が大勢流れ込んでくる晩は用心するに越したことはない。それに、鰻の蒲焼きがあるからにはコップ酒になるのは当然で、帰りが遅くもなるだろうから、今夜だけは長年乗り馴《な》れている古自転車はよしにして、手ぶらで出かけるのが無難だろう。

そろそろ夕闇《ゆうやみ》が澱《よど》みはじめた共同墓地の脇道《わきみち》を、ゴム草履を鳴らしながら歩いていたとき、仁作はふと、十日ぶりに市から戻ったエリザベスのためになにかちょっとした慰問の品を手土産にすることを思いついた。なにがいいだろう。万屋《よろずや》で買えるもので、手軽にひと息吐《つ》けるようなもの。たとえば飲み物などはどうだろう、と今朝も死んだ女房の好物だった麦茶を仏壇に手向けたことを思い出しながら、仁作は思った。この時節、木造で屋根の低い資料館は熱気が籠《こも》って夜でも蒸し暑いから、渇いた喉《のど》を潤《うるお》すための冷たい飲み物はどうだろう。それがいい。今時は、ひとくちに冷たい飲み物といってもさまざまあるようだが、田舎者にはいまだにアメリカ生まれならコーラが似合うとしか思えないから、コーラを一本持っててやろう——仁作は、そういうことにして広いアスファルトの街道に出ると、凄《すさ》まじい勢いで行き交う車の風圧に煽《あお》られてふらつきながら、昔馴染《なじ》みの万屋まで歩いていった。

その店の主人は、若い時分からの鉄砲仲間で、よく連れ立って雉子《きじ》撃ちに出かけたものだが、十年ほど前に連れ合いと前後して呆気《あっけ》なく病没し、いまは息子の代になっている。覗《のぞ》いてみると、いつもレジに坐《すわ》っている息子の嫁は見えなくて、代わりに、休暇で帰省している看護学校生の末娘が独りで店番をしていた。トウモロコシの髭《ひげ》を束ねたような黄色い頭をして、手鏡を覗き込みながらちいさな鋏《はさみ》で三日月眉《まゆ》の手入れをしている。

おや、エリザベスとそっくりな眉だ。そう思いながら入っていって、「今日は店番な。」と声をかけると、こっくりして、「といっても、ジャズにお客を取られて開店休業だけど。」と、いっぱしな口を利《き》く。「んだら、おらが客になってやら。冷えたコーラを一本けれや。」というと、コーラならあすこで買えばと娘はいって、ガラス戸の外の軒下に並んでいる自動販売機の方を指さした。けれども、自動販売機とはどういうものか相性が悪くて、欲しいものがすんなり買えたためしがない。買おうと思った品物が出てこないばかりか、入れた硬貨も戻らずじまいになることが多いのだ。それで、「自動販売機は罐《かん》ばっかりだえせ。罐は飲みにくいすけ、壜《びん》のをけれや。」と仁作はいった。壜だと、栓抜きが要るわけだが、栓抜きぐらいは資料館にもあるだろう。娘は、大儀そうに店のなかの冷蔵庫から壜のを一本取り出してきた。ついでに、紙コップを一つもらおうと思ったが、今時は紙コップとて無料ではない。「はい、紙コップ。百五十八円。」というので、びっくりして見ると、思いのほか丈夫で立派な紙コップを十個きっちり重ねたのが、透明な紙に包んである。「一つあればいいんだけんどな……。」とぶつくさいうと、「これが一つで、ばらにはできないのよ。厭《いや》ならラッパ飲みするしかないね。」と娘は笑った。自分で飲むならそうするところだが、エリザベスにはラッパ飲みはできない。
仕方なく十個一袋を買って万屋を出て、また車の通らない脇道伝いに村役場の方へ歩いていると、コンサート会場のある森林公園の方から、そろそろ前座の演奏がはじまるらしくマイクでなにやら口上を述べる男の声が風に乗ってきこえてきた。

村に戻ってきたエリザベスは、資料館の事務室の机の上に寝かされて顔や手足から市の埃《ほこり》を拭《ふ》き取ってもらっていた。服は着たままで目を閉じている。脱がされた帽子と靴は、そばの椅子《いす》の上に置いてあった。

「どこも傷《いた》んでないようだけど、念のために調べてみてくれません？」

女事務員にそういわれて、仁作は机の上のエリザベスに身を屈《かが》め、顔を寄せた。脱脂綿に含ませたらしいアルコールがうっすら匂《にお》っている。抱き起こすと、いつものように目をゆっくりと開ける。瞳《ひとみ》が青い。両足を投げ出して坐らせたり、立たせたりしたあとで、また寝かせると、やれやれというふうに目を閉じる。以前は、どこからか赤子の甘え声に似た音を出したというが、いまはかすれ声も出なくなってただ眠たげに目を開けたり閉じたりするだけである。

「結構でやんしょう。妙《ひょんた》なところはありゃんせん。」

と顔を上げて仁作はいった。

「よかったねえ。どうも御苦労さんでした。」

女事務員は、エリザベスにそういって笑いかけ、ブロンドの頭に鍔《つば》の広い帽子をかぶせてリボンのような顎紐《あごひも》を結び、ブーツ風の靴を履かせた。それから、迫田が役場の仕事を片付けてくるのを待って、一緒に展示室へ運び、そこの壁に取りつけてある底の浅いガラス箱のなかに、元通りに立ち姿のままで納めた。

「……どうだろう。どこか前と感じがちがってるかな？」

すこし離れたところから壁のエリザベスを眺めて迫田がいった。仁作には、前と変わりがないように見えたが、そう口に出す前に、

「なんだか元気がないみたい。全体に、しゃきっとした感じがないと思いません？　この子、すこしくたびれてるんじゃないかしら。なにしろ七十二年ぶりの同窓会に出てきたんだから。」

と女事務員がいい、迫田はくすっと鼻を鳴らして、

「苦労性だねえ。気のせいだよ。あんたこそ今日は残業でどうもお疲れさんでした。帰りはいつもより車が多いから気をつけてね。」

というと、目顔で仁作を促した。

二人は、一緒に展示室を出ると、婦人サークルが昔の郷土料理を試作したり村の作物を試食したりするときに使う調理場へいって、鰻弁当をひろげ、コップ酒を飲んだ。二つずつ飲んだあと、迫田は手洗いから戻ってくると、「月が出てるよ。風向きがいいから、耳を澄ますとジャズがきこえる。あとは家で寝酒にしようかな。」といった。仁作は、彼が弁当を一つ余計に買ってきているのに気づいていたから、「ごっつおさんでやんした。戸締まりはおらがやるすけ、お先にどうぞ。」といった。

迫田が帰って独りになると、仁作はいっとき明かりを絞った展示室で過ごした。調理場で栓を抜いてきたコーラを紙コップに半分ほど注いで、エリザベスの足下の小机に置き、そばのひんやりした床板に尖《とが》った尻《しり》を落として、膝《ひざ》小僧を抱いていた。さっき窶《やつ》れて見えるといわれたエリザベスの顔が、うすぼんやりとしか見えないのはむしろさいわいであった。仁作は、迫田のいうように気のせいにしかすぎないのだと思いたかった。けれども、エリザベスが七十二年ぶりの同窓会に出席してきたというのは、嘘《うそ》ではなかった。

七十二年前といえば昭和二年だが、その年の初めに、エリザベスは大勢の青い目の仲間と一緒に親善の贈り物としてこの国へ送られてきたのであった。仲間の総数はおよそ一万二千、そのうち二百二十体がこの県に、三十七体が郡に分けられ、エリザベスとドロシーだけがこの村の二つの小学校に届けられた。それぞれの小学校では、歓迎会を催して生徒全員に遠来の友を代わる代わる抱かせたが、まるで生きているかのように目を開閉するばかりではなく時には赤子のような声を発したりするので、びっくりして取り落とす者がすくなくなかった。

それ以来、エリザベスはガラスケースで校長室の棚に飾られていたが、アメリカとの戦争が勃発《ぼっぱつ》して、青い目の人形はすべて処分せよという文部省の通達が出された直後から、所在不明になった。ドロシーの方は、村の青年団の手に渡り、竹槍《たけやり》でさんざんに突かれたあげく火《ひ》焙《あぶ》りにされたことはわかっている。一緒に海を渡ってきた仲間の大部分はそのとき似たような処分を受けて消滅したものと思われるが、エリザベスの場合はまるで消息がわからなかった。

もし、戦後十数年経《た》って、小学校の古校舎の一部が嵐《あらし》で破損して修繕工事がおこなわれなかったら、エリザベスは永久に陽の目を見ることがなかっただろう。エリザベスは、その工事のさなかに、二階の裁縫室の天井裏に横たえられているのが発見された。エリザベスの運命を哀れむ者がそこに匿《かく》まったのだろうが、心当たりを探ってみても誰の仕業かはわからなかった。さいわい、ただ埃にまみれているだけで、体にはどこにも傷みがなかった。エリザベスは、服や帽子を新調するだけで容易に生き返ったが、初めて村にきたころとは世の中がすっかり変わっていて、もはや以前の人気を取り戻すことはできなかった。

それから十年ほどの間、不遇なエリザベスの身のまわりを最も親身に世話したのは、仁作の女房の茅《かや》だったろう。そのころの茅は、一人娘を三つで死なせたばかりで、いささか気弱になってはいたものの、体にはまだのちの死病の兆《きざ》しもなくて、小学校の通いの用務員というあまり楽でもない勤めを無難にこなしていたのであった。

茅が初めてエリザベスを見たのは、まだ小学生のころで、ガラスケースのなかの愛くるしい顔が眩《まぶ》しくてならなかった。ところが、用務員になって再会してみると、男臭い宿直室の床の間の隅でむき出しのまま足を投げ出し、帽子をあみだにしてあらぬ方へうっすら頬笑みかけている。茅は、いじらしくなって、いきなり抱き上げて用務員室へ連れてきてしまった。けれども、どこからも咎《とが》めがこなかった。エリザベスの姿が見えなくなったことにすら誰も気づかずにいるようだった。

茅は、用務員室の戸棚のなかに坐らせておいて、折を見ては顔や手足を洗ったり、髪を梳《くしけず》ったり、身につけるものを繕ったり手縫いで新調したりした。こっそり家に連れ帰って一緒に湯を使うこともあり、「いい齢をしてママゴトな。」と亭主によく笑われたが、エリザベスの世話をやめる気にはなれなかった。

小学校が火事で丸焼けになったときは、茅はすでに死病に取りつかれて市の病院にいたが、もし村に留まっていたとしたら、仁作は茅の狂乱を抑え込むのにどんなに手子摺《こず》ったことか。今度こそエリザベスは一緒に焼けて消滅したにちがいないと思われたが、何日かして、消火の水を吸った襤褸《ぼろ》の山の下敷きになっているのを、焼け跡の整理をしていた教師たちが見付けた。驚いたことに、エリザベスはまたしても無傷であった。早速そのことを市の病院へ報告すると、茅は一瞬、苦痛の呻《うめ》きを呑《の》み込んで、

「見なせ。あれほど運の強い子はなかえん。」

と、目を細めて誇らしげに呟《つぶや》いた。

それから間もなく茅は昏睡《こんすい》状態に陥って、三日後に息を引き取った。だから、その後、役場に民俗資料館が併設されて、エリザベスはそこに引き取られて展示されていることも、亭主の仁作が自分の遺志を引き継いで、林檎作りのかたわら資料館の雑用係や夜回りをしながらエリザベスを見守りつづけていることも、茅は知らない。

最初は総勢一万二千だった青い目の人形たちのうち、現存が確認されているのは全国でも百九十五体にすぎないという。このたび、市の博物館の呼びかけに応じて参集した東北地方の生き残りは、合わせて三十八体であった。いずれも多難な七十年をし

ぶとく生き延びてきたつわものばかりだから、さぞかしなにかと気疲れのする同窓会であったろう。なにはともあれ、今夜は故国の音楽でも聴きながらゆっくり休むがいいのである。

仁作は、外の月明かりを映している窓を大きく開け放ってやった。すると、そのとき、エリザベスのまるく見ひらいた目のなかに、ぽっちりとちいさな光が宿るのが見えた。仁作は、それがなんの光かわからぬうちに、子供のころに使い馴れたこのあたりの古い方言で、あ、めちろだ、と呟いた。

めちろは、文字にすれば目露で、涙のことだ。

いまのは、確かにめちろだったと仁作は思い、鼻の頭に小皺《こじわ》を寄せてちょっと舌うちしそうになった。それから、うっかりしてめちろなどを見せてしまったエリザベスがどぎまぎしなくて済むように、しばらくの間そちらに背を向けたまま窓辺に立って、森林公園から風に運ばれてくる微《かす》かなトランペットの音色に耳を傾けていた。

あめあがり

夕立に洗われた並木の若葉が、点《とも》りはじめたネオンを宿して瞬《またた》いていた。いちど人の流れが途絶えて鳴りをひそめていた歩道も、いつしかまた元の賑《にぎ》わいを取り戻している。

——びっくりさせやがって……。

運ばれてきた紅茶にレモンを滑り込ませながら、彼は唇の端をわずかにゆがめた。ついさっき、この店に足を踏み入れた途端、レジのそばに佇《たたず》んでいた客とふと目が合って、彼は思わず棒立ちになったのだった。誰だって、こんなところで昔の女とばったり出くわすとは思わない。女はあのころよりすこし太っていたが、彼には一目でわかった。

いまになってみれば、滑稽《こっけい》なことだが、あのとき、咄嗟《とっさ》に身をひるがえして逃げ出したいと思ったのは、何故《なにゆえ》だったろう。女とは納得ずくできれいに別れたのだから、なんの借りも疚《やま》しいところもあるわけではなく、ここで待ち合わせている新しい女のことだって相手は知るはずがなかったのに……。結局、彼は、前へ進むことも後戻りすることもできなくて、そこに突っ立ったまま女がレジで用を済ませてくるのを待つことになった。

「おひさしぶり。雨宿りしてたの。お元気そうね。」

と女は眩《まぶ》しそうに彼を見上げていった。

「君も。」

と彼はいったが、すこし舌がもつれた。

「お鬚《ひげ》を伸ばしたのね。でも、すぐわかったわ。」

彼は、目をしばたたきながら、そうだ、この顎鬚《あごひげ》は女と別れてから伸ばしたんだった、と思い出した。

「碌《ろく》に手入れもしないから……ただの無精鬚だよ。」

「でも、お似合いよ。」と女はいった。「それに、もう顎に傷をこさえるおそれがないから、安心じゃない。」

二人は、ほんのすこしの間、無言でまじまじと見詰め合った。女の目は、その意味がおそらく彼にしかわからない笑みを湛《たた》えていた。彼の口許《くちもと》もひとりでに綻《ほころ》んだ。

「ちょっとだけ、つまんでいい？」

女は、子供のように首をすくめていった。

「……他人《ひと》が変に思うよ。」

けれども、女は構わずに彼の顔へ手を伸ばすと、指先でゴミでも取るように顎鬚をそっとつまんで、ちいさな吐息を洩《も》らした。それから、急に真顔になって、ごめんね、と呟《つぶや》くと、そそくさとドアを押して雨あがりの歩道へ出ていった。

――あいつ、いい齢《とし》をして、まだ茶目っ気が抜けてないんだ。

彼は、紅茶を啜《すす》りながら、さっきの束《つか》の間《ま》の再会を頭によみがえらせてそう思い、煙草《たばこ》をはさんだ指の先で女がつまんだあたりの顎鬚をなんの気なしに撫《な》でてみた。すると、思いがけない懐《なつ》かしさがそこから湧《わ》いてきて、忽《たちま》ち彼の胸を満たした。女が、というよりも、女に会おうとして鬚を剃《そ》るたびに決まって顎を傷つけていたころの自分が、懐かしかった。彼は、それほど不器用ではなかったのだが、そのころ、どういうものか、女と会うときに限ってつい手許が狂ったのである。女は、彼の顎の傷を自分への愛のあかしだと思い込んで、嬉《うれ》しがっていたものであった。

けれども、過ぎ去ったあのころは、女が歩道の人波に呑《の》み込まれてどこかへ押し流されてしまったように、もはや戻ってくることはないのだ。

約束の時刻はとうに過ぎているのに、待ちびとはいっこうにあらわれない……。

おぼしめし

牛乳配達の小型車は、毎朝七時にやってくる。エンジンの音が消え、ドアが閉まり、軽やかなゴム底の足音が小走りにきて、玄関脇《わき》の木箱のなかで瓶がひそやかに触れ合う音をさせる。

梅は、牛乳屋の車が通り過ぎてから、そっと背戸から家の脇道伝いに玄関へ牛乳を取りにいく。木箱には、いつも二本入っている。一本は梅自身の分。もう一本は、むかいの家の、いせ婆《ばあ》さんの分。

梅は、猫背になってそそくさと二本の牛乳をふところに入れ、また脇道を通って背戸から入る。なぜ、そんなにこそこそするのかといえば、一人暮らしの年寄りが牛乳を二本もとっていることが知れると、隣近所の口がうるさいからである。

小鍋《こなべ》に適当な熱さの湯を入れ、それに紙蓋《かみぶた》をとった牛乳の一本を半分ほど沈めて、温める。これは、いせ婆さんの分で、婆さんは冷たい牛乳を飲むときまって腹をくだすのだ。

やがて、当のいせ婆さんがどこからともなく背戸へきて、温まった牛乳の匂《にお》いに鼻をうごめかせながら入ってくる。むかいの家の住人が、どこからともなくやってくるというのもおかしいが、婆さんは、仮借のない嫁の目をごまかすために、かなりの道《みち》程《のり》を歩いて通学している孫たちを途中まで送るふりをして家を出ると、あとは足の向くままにあたりをひと回りしてきて、ひょっこり梅の家の背戸にあらわれるのである。

二人は、温暖な季節なら縁側で明るい陽射《ひざ》しを浴びながら、あいにくの空模様で肌寒い日には囲炉裏に粗朶《そだ》をくべながら、一緒に牛乳を飲む。ラッパ飲みで、けれども、なるべく長持ちするようにちびりちびりと。

いせ婆さんが、毎朝、梅のところへきて牛乳を飲むようになったのは、そう古いことではなく、つい去年の春先からである。そのころのある日の昼下がりに、婆さんが、近年このあたりでも珍しいものになった干し柿《がき》を手土産に一服しにきて、いつものようにひとしきり嫁の悪口をいい立ててから、ところで、ちと頼みたいことがあるのだが、といった。なにかと思うと、おたくでとっている牛乳を二本にして、一本は自分用にしてもらえぬだろうか、勿論《もちろん》その分の料金は間違いなくおたくに払う、というのであった。

それはお安い御用だが、なぜ自分用を自分の家に配達してもらわぬのかと尋ねてみると、自分はそうしてもらいたいのだが、嫁が頑として許さないのだと、婆さんはいった。

「育ちざかりの、先の長い子供たちなら、いざ知らず、八十婆《ばばあ》がいまさら牛乳飲んでなんになる、つうのせ。牛乳屋に払う金があったら、ストーブの灯油でも買っておいてけれ、だと。ひとの年金を半分も捲《ま》き上げておいてだえ。まるで底なし井戸のよんたに欲の深い女《おな》ごなのし。」

あの嫁のいる家で、うっかり長患《ながわずら》いなどしたら、どんなに辛《つら》い思いをすることになるか知れない。いびり殺されるよりも、寿命が尽きておとなしく死んだ方がいい。死ぬときは誰の手を煩《わずら》わすこともなくぽっくりと死にたい。それが、いせ婆さんの口癖であった。

梅は、若いころから胸焼けを持病のようにしてきたから、医者に勧められて無理なく牛乳と親しむようになったのだが、いせ婆さんの方は、生まれてすぐ母親に死なれて、山羊《やぎ》の乳で育てられはしたものの、その後、むしろ乳臭いのは嫌いだったのに、八十を過ぎてから突然それなしでは一日も過ごせなくなったのだから、人間の嗜好《しこう》なんて随分気紛《きまぐ》れなものだと思うほかはない。

「なにか、きっかけのよんたものはなかったのかし?」

と尋ねても、いせ婆さんは困ったように首をかしげて、やがてこう答えるだけである。

「それには、おらも気がつかねかったなあ。きっかけなんちょ、なかったんかも知んね。きっと、これも神様のおぼしめしだえせ。何事も神様のおぼしめしだすけにな。」

けれども、いせ婆さんはなにもクリスチャンではない。まだほんの小娘のころに、町の耶蘇《やそ》教（そのころはキリスト教のことをそう呼んでいた）の牧師館に雇われて水仕事をしていたことがあるだけで、暇をもらうまでの四年間に、何事も神様のおぼしめしという言葉だけを憶《おぼ》えて村へ帰ったのであった。

いまでも、なにかの拍子にその言葉が御託宣のように歯のない口から洩《も》れるから、村には、耶蘇婆様の一つ憶えと陰口を叩《たた》く者もいる。

梅が、いせ婆さんに関わる珍妙な噂《うわさ》を耳にしたのは、去年の秋口であった。婆さんに、男が出来たのではないかという噂である。まさかと思われるが、女は墓場まで女だというから、全くありえないことではないだろう。

婆さんが倅《せがれ》夫婦や孫たちと住んでいる家の裏手の物干し場に、時折、家族の洗濯物に混じって、誰のものとも知れない六尺が風にひるがえっていることがあり、どうやらそれが噂の種になったらしい。六尺というのは、いまや死語にも等しくなったが、下着が洋風になる前は一人前の男たちに愛用された下帯で、晒木綿《さらし》六尺を用いるところから、その名がある。ところが、婆さんの連れ合いはもうとっくにこの世の人ではなくなっているし、いまは家族に六尺を締めている者は一人もいない。すると、あの六尺は、一体、誰のものだということになる。

婆さんは、相変わらず毎朝牛乳を飲みにきていたが、梅は、耳にした噂のことは黙っていた。婆さんを間近に見ていると、このところめっきり肌の色艶《いろつや》がよく、どうかすると、ちょっとした目顔や身のこなしに昔の色香が匂い立つような気もして、これは牛乳のせいばかりでもなさそうだ、うっかりしたことはいえないという気持になっていたからだ。けれども、それは梅の思いすごしであった。

十月半ばのある朝、いせ婆さんはいつになく浮かぬ顔でやってきて、また嫁に一発食らってきたと愚痴をいった。聞いてみると、嫁は、これからはもう、うちの物干し場に恥ずべき噂の種になるようなものを干してはならぬ、そんなものをうちの洗濯機で洗うこともならぬ、川で洗って川原で干してこいやと、つばきを飛ばして宣告したのだという。

「噂は耳さ入ってるえ?」

と婆さんはいった。

口さがない連中の多い狭い村のことである。しらばっくれるわけにもいかないから、

「そういえば、六尺がどうしたとか聞いたけんど。」

とだけ、梅はいった。

「六尺なんちょを干してるすけに、定めし燕《つばめ》が出来たんだえだと。いまでも六尺締めてる燕だら、どこもかしこも刃毀《はこぼ》れしてて、なんの役にも立つめえよ。半可臭《くせ》。」

婆さんは吐き捨てるようにいった。半可臭いとは、このあたりの土地言葉で、あほらしいという意味である。

「したら、誰の六尺し？」

と、梅は婆さんの権幕にいささか怯《おび》えて、小声で訊《き》いた。

「死んだおらの爺様《じいさま》のもんせ。」と、婆さんは誇らしげにいった。「厚手の木綿で、まだしっかりしてるすけに、腹巻きにして、冷え易《やす》い腹を爺様のぬくもりで守ってもらってるのし。六尺は六尺でも、いまはふんどしじゃねくて、腹巻きだえ。それを、なして洗濯機で洗っちゃなんねて。なして家の物干しに干しちゃなんねて。あんまりじゃねえかし、あの嫁の底意地の悪さは。」

婆さんの皺《しわ》に囲まれた目は、涙と目脂《めやに》で分厚いレンズを嵌《は》め込まれたように膨らんで見えた。

「んだら、毎朝牛乳飲みにくるよんたに、おら方で洗濯して、おら方の干し場で干したら？」

梅は、気の毒になってそういったが、婆さんは、

「おなじ寡婦《やもめ》同士でも、お前《め》さんの方が若いすけ、今度はどったらひどい噂が立つかしんねえ。」

といって首を縦に振らなかった。

梅は、慰めの言葉もなく、その朝、冷めてしまった婆さんの牛乳をもういちど温め直してやったにすぎなかった。


今年の春、雪が融《と》けると、いせ婆さんは村はずれを流れる川まで六尺を洗いに出かけるようになった。梅は、いちど町からの帰りに、崖道《がけみち》から、小石の川原にひろげた六尺のそばでのんびりと春の陽射しを浴びている婆さんを見かけたことがあった。声を上げて手を振ったが、情けないことに声量が乏しく喉《のど》が痛むばかりで、そうでなくても耳の遠い婆さんは気がつかなかった。

三月下旬の異様に暖かだった日の午後、いせ婆さんは、川原で六尺を洗濯していて、上流の山襞《やまひだ》という山襞から流れ込んだ雪融け水で急速に水嵩《みずかさ》を増した川に押し流された。村の消防団員が総出で探したが、婆さんの姿は見付からなくて、こざっぱりした

六尺だけが、すこし下流の古い木橋の橋脚に引っかかっているのが発見された。

梅が、急を聞いて川へ駈《か》けつけたときは、もう大分出水が退《ひ》き、橋脚の思いのほか高いところに引っかかっている六尺もすっかり乾いて、風にひるがえっていた。

梅は、木橋を渡っていって、若い消防団員たちが小舟で漕《こ》ぎつけて登りはじめた橋脚を、真上の欄干から見下ろしてみた。風が強くて、主《あるじ》を失った六尺の高いはためきがきこえた。あたりの川面を丹念に見渡してから、耳を澄ましていると、そのはためきが、気のせいか、

「なんもかも、この世は神様のおぼしめしなのせ。」

と繰り返している、いせ婆さんの呟《つぶや》きにきこえた。

かけおち

鐘寿司《ずし》の鐘吉と、踊子のマノンが、どうやらかけおちしたらしいという噂《うわさ》が劇場支配人の周囲でささやかれ出した。

支配人の縄田によれば、昨夜は警察の手入れがあり、舞台はこれからというところで中断のやむなきに至ったが、出演者一同は馴《な》れたもので、いちはやく四散し、全員ことなきを得た。ただ、マノンだけが、どこへ逃げ込んだものやら、夜が明けてからもあらわれない。無論、どじを踏んで留置場にいるという情報もない。

楽屋に残されている衣裳鞄《いしょうかばん》を調べてみると、舞台衣裳から外出着やハンドバッグに至るまで、所持品はそっくり残っているかに見える。すると、マノンは、おそらく素裸の上にせいぜい薄物のケープを羽織ったぐらいで、しかも裸足《はだし》で逃げたものと思われる。けれども、そんななりでは、とても遠くまでは逃げられない。

そこで、縄田は、ふと鐘寿司に思い当たった。ひょっとしたら、マノンは鐘寿司に逃げ込んでいるのではあるまいか。

昨夜は、この月の興行の楽日であった。楽日には、最後の幕が下りたところで、出演者一同に報酬を支払い、手打ちを済ませてから、支配人が、特別出演の花形を近所の鐘寿司へ案内して夜食を共にするのが、この劇場が初めて幕を上げた二十数年前からのならわしになっている。以前は、真夜中の汽車で次の仕事場へ移らねばならぬ売れっ子に腹拵《はらごしら》えをさせてやろうという配慮の夜食だったのだが、新幹線が通り、駅前の宿に一泊して翌朝出立しても間に合う時代になっても、夜食のならわしだけはつづいている。もはや時計を気にしながら飲食することもないから、相手がビール好きだとわかると、一本抜いてやったりする。東京っ子のマノンは、握り鮨《ずし》が好きで、鐘寿司という店も好いていた。

鐘寿司は、当主の鐘吉で二代目だという古びた店で、劇場のある横町を抜けた広い通りの、こぢんまりした二階建の仕舞屋《しもたや》の階下だけを借りて営業している。自分の家は、歩けばかなりの距離の街はずれにあって、病身の女房と二人暮らしだが、鐘吉自身は大概街なかの店に寝泊まりしている。その方が魚市場へ仕入れにいくのに便利だったし、店のある町内には昔ながらの消防屯所《とんしょ》があって、彼もまた他の商店主たちと同様に消防夫を兼ねていたからである。

消防夫といえば、鐘吉の父親も命知らずの消防夫で、彼は鮨屋をはじめるとき、消防にちなんで自分の店に半鐘寿司と名付けていた。察するに、半鐘にはじゃんじゃん客がくるようにという願いが籠《こも》っていたのだろう。けれども、鐘吉の代になって火の見櫓《やぐら》がなくなり、それにつれて半鐘も姿を消してしまった。鐘吉は、店の名を鐘寿司と改めた。鐘寿司は年中無休で、どんな季節でも日暮れ時には暖簾《のれん》を出す。それをどこかで見ていたように、糖尿に悩まされている女房があらわれ、奥の調理場で汁物のだしを取ったり、ともすれば食堂と間違える客のために鰈《かれい》や鱈《たら》の煮付けを拵《こしら》えて、十時には、お先にといって自宅へ帰っていく。

鐘吉は、まず景気づけに清酒をコップで一つ、冷やでやり、てっぺんが禿《は》げかけている胡麻《ごま》塩《しお》頭にねじり鉢巻きをするが、腰を据えて飲み食いする上客は滅多にあらわれない。鐘吉は、つい調理台に頬杖《ほおづえ》を突いてうつらうつらしたり、テレビをぼんやり眺めていたりする。出前は人手がないから原則としてお断わりだが、店に気心の知れた客のいるときは留守を頼んで自分で届けにいくこともある。ところが、世の中には物好きがいて、なんの面白味もないようなこんな店にも、ちょくちょく顔を見せる常連がいる。踊子のマノンも、この店のどこが気に入ったのか、横町の劇場へ踊りにくるたびに、楽日の夜食が待ち切れなくて何度か顔を見せたりするから、これも常連の一人に数えていいだろう。

マノンは、鐘寿司へ鮨をつまみにいくだけではない。これまでに二度ばかり、警察の手入れの際に鐘寿司へ逃げ込み、騒ぎが一段落してから主人の鐘吉に付き添われて帰ってきたことがあった。実は、昨夜、劇場支配人の縄田は、手入れのさなかに、いちどだけ、鐘寿司のことをちらと頭に思い浮かべた。これでマノンとの夜食がふいになった、そう思って、思わず舌うちしたのである。今度も鐘寿司へ逃げ込んだろうとは、つゆ思わなかった。帰りが遅すぎるから、よほど遠くまで逃げたのだとばかり思っていたのだ。

そんなに遠くまでは逃げられないとなれば、やはり鐘寿司だと思わざるをえない。灯台下暗しとはこのことである。

縄田は、まず鐘寿司へ電話をかけてみた。ところが、電話口には誰も出ない。主人の鐘吉が毎晩店に寝泊まりしているはずである。それなのに、呼び出しのベルを二十数えても出る者がいない。まさか泥酔《でいすい》して眠りこけているわけでもあるまいから、鐘吉は店にいないのだ。

縄田は、納得がいきかねて、念のために鐘寿司の店まで出向いてみた。店内の明かりはことごとく消えて、入口の戸には鍵《かぎ》がかかっていた。戸にしばらく耳を押し当てていたが、なかに人のいる気配がなかった。鐘吉はどこかへ出かけたと思うほかはなかった。出かけた先がどこにしろ、よほど急いだものとみえ、入口の暖簾を仕舞い忘れていた。裏へ回ってみると、車庫から鐘吉が仕入れに使っている小型のライトバンがなくなっている。これで、遠出したことが確実になったが、朝になってから、二階に住んでいる家主の息子夫婦の証言があり、鐘吉とマノンとはかけおちしたのではないかという疑いが濃厚になった。家主の息子夫婦は、昨夜、警察が引き揚げたあとしばらくしてから、鐘寿司の主人が消防の半纏《はんてん》に包《くる》まった髪の赤い娘をライトバンに乗せて、いずこへともなく走り去るのを裏窓から目撃したと証言したのである。

劇場関係者が楽屋に集まって協議をした。一同の意見は二つに分かれた。一つは、病妻を抱えた六十近い男が二十を過ぎたばかりの踊子とかけおちなんぞをするわけがない、鐘寿司の主人はマノンをどこかへ送っていったにすぎないのだという意見。もう一つは、色恋沙汰《ざた》に齢《とし》など関係がない、マノンは報酬も受け取らずに、しかも自分の商売道具や所持品をそっくり楽屋に残したまま出かけてしまったのだから、二人はやはり警察の手入れのどさくさに紛れてかけおちしたのにちがいないという意見。いずれにしても、いますこし様子を見てから、しかるべき手配をしようということになったが、もし鐘吉自身がその協議を傍聴していたら、どちらの意見にもすこしずつ真実がある、と呟《つぶや》くほかはなかっただろう。

劇場の楽日の晩、遅くなってから、時々立ち寄っては土産用の折詰を一つだけ注文する実直そうな勤め人風の客のために、海苔《のりま》巻きを拵えていたときであった。客は、入口に近い椅子《いす》に腰を下ろして、鐘吉が淹《い》れたお茶を遠慮がちな音をさせながら啜《すす》っていた。病妻はすでに引き揚げたあとで、ほかに客はいなかった。

不意に、鮨種を並べておくガラスケースのむこうを、なにやら白っぽい風のようなものが、はためきながら一瞬のうちに通り過ぎたような気がして、鐘吉は顔を上げた。店のなかにはべつに異状がなく、ただ、どこからともなく香水に似たような匂《にお》いが微《かす》かに漂っていた。

すると、気のせいだったのだ。鐘吉はそう思い、仕事に戻ろうとして、ふと、客が椅子から腰を浮かして奥の方へ目を瞠《みは》っているのに気がついた。客はなにかを見たらしい。

「いま、なにかここを通りましたか？」

と鐘吉は尋ねた。

え、ええ、と客はようやくまばたきをした。

「女の人のようだったがね。」

「女？」

「戸が開いたのに気がつかなかったから、びっくりした。」

なるほど、入口の戸が狭く開いている。鐘吉も気がつかなかった。

「どんな女でした？」

「いきなり飛び込んできて、忽《たちま》ち奥へ駈《か》け込んじゃったからね。よくはわからないけど、髪が赤くて薄物を纏《まと》ってたな。」

「足音が全くきこえなかった。」

「裸足だったから。それに、宙を飛ぶように駈けてたもの。」

戸が開いたままの入口から、外のざわめきが流れ込んできた。男の怒号。女の悲鳴。さまざまな履物で走る足音。咎《とが》めるようなホイッスルの音。近くに停車しているパトロール・カーの回転灯の赤い色が、むかいの時計屋のショー・ウィンドーを規則正しく染めるのが見えていた。

「急に、なんだ。なんの騒ぎだ。」

客は独り言をいいながら出ていったが、鐘吉には、いま横町の劇場でなにが起こっているのか、それに、さっき裸足で飛び込んできたのが何処《どこ》の誰であったのかも、とっくにわかっていた。

「そこのちいさな劇場で小火《ぼや》があったって。大きくならなくて、よかった。」

戻ってきた客がいった。とぼけた野次馬が教えたのだろう。

客が閉めた戸がすぐまた開いて、制服制帽の警察官が店のなかを覗《のぞ》き込んだ。

「いま外から逃げ込んできた者はなかったかね？」

「いいえ、誰も。」と鐘吉はかぶりを振った。「このお客さんも見ていなすったこってすし。」

けれども、客に同意は求めなかった。あまり世間擦れのしていない客だから、なにをいい出すか不安だったのである。鐘吉は客の口を封じるつもりで、急いで折詰の中身を見せた。

「こんなところで、どうでしょう。」

「結構です。」

客が答えた。警察官は顔を引っ込めて戸を閉めた。

客が帰ると、鐘吉は入口の戸に内鍵をかけて裏へ出てみた。暗闇《くらやみ》のなかに傾いている車庫の奥で、ちいさく嚔《くしゃみ》をする者がいた。その方へ歩いていくと、今度は猫の鳴き声を真似《まね》ている。鐘吉は、店へ戻ると、消防の刺子《さしこ》半纏を一枚持って裏の車庫へ引き返した。

季節は初夏だが、東北のこのあたりはまだ桜が散ったばかりで、朝晩は冷える。

「風邪ひきの野良《のら》猫よ、もう大丈夫だから出てこいや。」

奥の方へ声をかけると、やがて車の脇《わき》を白っぽい人影がゆらゆら近づいてきた。鐘吉は刺子半纏をひろげて渡してやった。歯をかちかち鳴らしているので、顫《ふる》えていることがわかった。香水が匂った。

「マノンかい？」

「見てたの？」

「見てなくったって、わかるさ。大丈夫か？」

「足が痛いほど冷たいの。」

裸足で地べたを駈けてきたのだから、無理もない。鐘吉は、車を洗うときに使うポリバケツにポットの湯を空け、水で薄めて、履き古した自分のサンダルと一緒に持ってきてやった。マノンは、車に掴《つか》まって片足ずつバケツの湯で温めた。

「このライトバン、おじさんの？」

マノンがいった。

「そうさ。これで仕入れにいくんだよ。」

鐘吉は、仕事着のポケットからマッチを取り出して、擦ってみせた。車の横腹に〈鐘寿司〉という文字が浮かび上がる。

「すてき。」とマノンは両手を軽く打ち合わせた。「ヒーターもついてるわね。」

「勿論《もちろん》。」

「あたしを乗せて。お願い。」とマノンはいった。「走ろうよ、おじさん。走りながらあたしを暖めて。」

唐突な話で、鐘吉は躊躇《ためら》った。店はもう閉めても構わないが、マノンは劇場へ戻らなくてもいいのか。

「警察が引き揚げるまで匿《かく》まってあげるよ。」

「ありがと。でも、すぐは戻らないほうがいいの。」とマノンはいった。「近頃、刑事が一人ぐらい残って見張ってることがあるのよ。今度捕まれば娑婆《しゃば》とも当分お別れだから、こっちも必死なの。ね、おじさん、助けてよ。」

鐘吉は、断われなかった。せいぜい夜明け近くまで劇場から遠ざかっているだけで、常連の一人が臭い飯を免れるというのであれば、当てのない深夜のドライブでも引き受けないわけにはいかないだろう。

大急ぎで店を片付け、冷蔵庫に仕舞うものは仕舞い、仕事着をジャンパーに着替えた。途中でガソリンが切れたときのことを考えて財布をポケットに押し込み、明かりを消し、戸締まりをし、マノンを隣に乗せて裏木戸からそっと走り出たときは、もう午前二時を過ぎていた。街灯の乏しい道ばかりを選んで走っていると、いつしか市街地から出外れていた。人家が途切れて、道の両側にまだ緑の乏しい畑地や木立がつづいた。

「ヒーターはこんなところでどうだ？　寒かったら、もっと強くするけど。」

鐘吉はそういったが、返事がなかった。体が暖まったので眠ってしまったのかと思ったが、隣のマノンは目をきらきらさせながら前の方を見詰めている。やがて、

「おじさん、このまま、どっかへいっちゃわない？　あたしとかけおちしない？」

突然、そういった。鐘吉は、聞き違えたのかと思って繰り返させたが、そうではなかった。鐘吉は面食らった。

「そんな冗談いっちゃいけねえよ。ハンドルを切り損ねたらどうするんだ。」

「冗談なんかじゃないわ。あたしは本気よ。」

鐘吉は思わず車のスピードを緩めた。

「あんたは簡単にいうけどね、かけおちってどんなことだか知ってんのかい？」

「そりゃあ、知ってるよ。恋人同士が誰も知らないところへ逃げてって、新しい暮らしをはじめることだろう？」

「まあ、そんなところだが、どだい俺たちには関係ねえ話だよ。なにしろ俺はあんたの恋人なんかじゃねえんだから。」

「でも、あたしはおじさんのこと好きだったわ、ずっと前から。」

鐘吉は、嘘《うそ》をつけ、という代わりに、俺はそろそろ六十だよ、といった。

「それが、どうしたのよ。齢なんか関係ないじゃん。」

「仮にそうだとしても、なにもかけおちまですること、ねえじゃねえか。」

「じゃ、伺いますけど、おじさんはこれまでの六十年なら六十年を、いい人生だったと思ってる？」

鐘吉には、即答できなかった。無難ではあったが、子に恵まれず、いまは病妻を抱えて細々と暮らしを立てている。この先、どんな老後が待ち構えているのかと思うと、心細く不安でならない。こんな痩《や》せてくすんだ日々の積み重ねを、振り返って、いい人生だったといえるだろうか。

「できることなら生まれ変わって、一からやり直したいとは思わない？」

鐘吉は、それでも黙っていたが、内心、もしもやり直すことが可能であれば正直いってそう強く願わずにはいられないだろうと思っていた。

「あたしね」とマノンはつづけた。「まだ二十《はたち》を過ぎたばかりだけど、これまでの自分が大嫌いでさ。いまの自分も大嫌い。もう薄汚い男たちの言い成りになった報酬で生きていくのは真っ平だし、あいつらの涎《よだれ》で穢《けが》されないところがこれっぽっちも残っていない自分の体なんか、もう捨てちゃいたいの。時々、自分で自分を殺したくなるのよ。」

「よしなって。自分で自分を殺しちゃいけねえよ。」

と鐘吉はようやく口をひらいた。

「だから、かけおちするのよ、自分を殺すかわりに。」とマノンはいった。「過ぎたことはみんな捨てて、生まれ変わったようになって、誰も知らない土地で綺麗《きれい》な暮らしをはじめるのよ。」

「そんなことぐらい、あんた独りでもできるじゃないか。」

「独りでできるくらいなら、とっくに足を洗ってるわ。助けてよ。」

「そうしてやりたいけど、俺にはちと荷が重いな。人は、生きてると、じきに汚れるよ。」

「汚れるのは仕方がないけど、これから先は自分から汚さないようにするつもりよ。」

東の空が白みはじめていた。劇場のある横町もそろそろ寝静まるころである。

「おじさん、とりあえず、ここから一番近い温泉へ連れてってくれない?」

とマノンがいった。

「温泉か。谷間《たにあい》のちいさな温泉場だよ。」

「いいの、お湯にさえ入れれば。こんな体のままじゃ悪いからね。隅々までよく洗いたいの。」

鐘吉は、自分に対する気遣いかと思い、年甲斐《としがい》もなく胸の鼓動が高まるのをおぼえた。

十数年前、気の合う同業者何人かと、このあたりに紅葉狩りにきて、帰りにひと風《ふ》呂《ろ》浴びた憶《おぼ》えのある谷間の温泉場を訪ねてみると、当時三軒だけだった湯宿が五軒に増えていて、さいわい、増えた一軒の入口にだけ当世風な軒灯が点《とも》っていた。

消防の刺子半纏だけのマノンを、痛めた脚が治ったばかりの娘だということにして、鐘吉が背負って入口の呼鈴を押すと、腰の曲がった老婆が出てきて戸を開けてくれ、べつに異形の客を怪しむふうもなく、奥の一室へ案内してくれた。

二人は、なによりもまず無人の広い浴場でゆっくり温泉に漬かった。丸裸に馴《な》れているマノンは、タオルに石鹼《せっけん》をたっぷりなすりつけ、時には大胆な姿態を見せながら熱心に体を洗った。鐘吉は、ざっと汗を流してしまうと、浴槽の縁に腰を下ろして放心したり、ガラス張りの曇りをぬぐって明けてゆく谷間の新緑を眺めたりしていたが、冷えてきた体を温めようと浴槽へ滑り込んで、マノンに捉《つか》まった。鐘吉は、マノンに誘われるままにしばらく控え目に戯《たわむ》れていたが、不意にマノンが、

「あら、おじさんの体に焼印があるわ。」

と驚いたようにいった。

彼は一瞬ぎくりとしたが、なんのことはない、焼印というのは子供のころに二の腕に植えられた種痘の跡のことであった。

「びっくりさせるなあ。これは種痘の跡だよ。あんたにだってあるだろう。」

といって笑うと、マノンは意外そうな顔をして、自分の体にはそんな醜い跡なんかないといった。

そんなはずがない。彼はそう思い、マノンの上半身をあちこち探してみたが、二の腕には勿論、体のどこにも種痘の跡らしい引攣《ひきつり》はなかった。彼は不思議な気がした。

「それじゃ、あんた、種痘をしなかったのかい？」

「したわ、うんと子供のころに。」とマノンはいった。「でも、小学校の高学年のころには、もう何処にしたんだかわからなくなってたみたい。あたしとおなじ年頃で、そんな焼印みたいな跡のある子は一人もいないんじゃないかしら。」

そのとき、鐘吉は、自分の体のなかで心棒のようなものが音もなく折れるのを感じた。彼は、自分が急にひどい猫背になったような気がした。

「あんた、今回は独りで東京へ帰んなよ。」と、部屋へ戻ってから鐘吉はいった。「俺はやっぱりあんたとかけおちなんかする柄じゃねえんだ。あわてないで、体に焼印なんかねえ相手を探すんだな。」

「……怒ったの？」

「怒る理由がねえんだよ。焼印の一撃で、なにをする元気もなくなっただけさ。」

鐘吉は、身支度をしながら、街へ戻ったらすぐ衣裳鞄《いしょうかばん》と出演料をこの宿宛《あて》に宅配便で送る約束をした。マノンは宿の浴衣《ゆかた》で車まで送ってきた。

「元気でな。自棄《やけ》を起こすんじゃねえよ。またあの劇場に出るようなことがあったら、寄んなよね。」

彼は、窓からそういうと、いまにも歪《ゆが》みそうなマノンの口許《くちもと》から目をそらして、乱暴に車を出した。谷の斜面を滑り落ちてくる朝日がやけに眩《まぶ》しかった。

おのぼり

なぜ、こんなにもたびたび人とぶつかるのだろうか。

ぶつかる、というのは、人と異なる意見や考え方を持つがゆえに、議論になったり、ののしり合いになったりするという意味ではない。そうではなくて、実際に、こちらの肉体と相手の肉体とが、突き当たる、衝突する、強く触れ合う、また、一方が他方へ追突することを意味する。

なぜ、こうも頻繁に、人と突き当たったり、追突したりされたりするのか。場所はおそらく関係ないだろう。大勢の人々が往来し、動き回り、佇《たたず》んでいさえすれば、どんな場所でも起こり得るのだ。街の歩道でも、デパートの売場でも、劇場のロビーでも、駅の階段でも、改札口でも、プラットホームでも、乗物のなかでさえ。

世の中で、掏摸《すり》でもなければ、好んで人とぶつかり合う者はいないにちがいない。掏摸でなくとも、ただ人の体に触れるのをなによりの歓《よろこ》びとする風変わりな趣味の持主がいるかもしれないが、これにしても、そっと、さりげなく触れるところに妙味がありそうなもので、なにも激しくぶつかり合うことはあるまいと思われる。

彼は、掏摸でもなければ、風変わりな趣味の持主でもない。地方のちいさな町に登《のぼり》窯《がま》を持つ、五十過ぎの実直な陶藝家《とうげいか》にすぎない。要するに、いきなり人とぶつかったりするのは真っ平だと思っているたぐいの人間である。

その町は、彼の生まれ故郷で、彼はそこで少年時代を過ごし、隣町の県立高校を経て東京の私立大学に進学し、卒業後は人なみに都内の民間会社に就職して十年ほどは無難に勤めたのだが、あるとき、〈すまじきものは宮仕え〉を痛感させられる出来事に逢着《ほうちゃく》し、あまりのむなしさに卒然として職を捨てて郷里へ舞い戻り、陶藝家の道を歩みはじめて今日に到《いた》っている。普通の勤め人がいきなり陶藝家を志すといえば、いかにも唐突にきこえようが、彼の郷里は昔からやきもののさかんな土地柄で、彼自身、高校を出るまでに何度か陶藝家を夢見たことがあるのだから、あながち畑違いの世界に飛び込んだともいえないのである。

それはともかく、彼は、東京での学生時代と十年ばかりの勤め人時代を除けば、通算してざっと四十年ほどをこの町で暮らしていることになるのだが、これまで家の内でも外でも、人とぶつかるという経験はいちどもしたことがなかった。追突したり、されたりしたこともなかった。四十前後のころに、焼き餅《もち》焼きの女房が泣きべそをかいて、片手を招き猫のように持ち上げたまま体当たりしてきたことが何度かあったが、これなどは論外だろう。

新幹線の車輛《しゃりょう》から、東京駅のプラットホームに降り立った直後に、彼は横合いから重い衝撃を受けて、よろよろとした。それが人との衝突の始まりであった。突き当たった相手は、登山用の物々しい装備のためにロボットのように見える若い髭面《ひげづら》の男で、何事もなかったかのように遠ざかっていく。

むっとして、見送っていると、今度は背後から衝撃がきた。大きな鞄《かばん》が膝《ひざ》の裏側を同時に突いたので、彼はあやうくプラットホームに跪《ひざまず》くところだった。振り向いて見ると、短大生ぐらいの若い女で、これまたなんの挨拶《あいさつ》もなく、出迎えの母親らしい中年女の方へ駈《か》け寄っていく。

彼は、あたりを見回してベンチの空席を見つけると、素早くそこに腰を滑り込ませて、ひと息ついた。あまり暑くはなかったが、額が汗を噴くのを感じて、畳んだ手拭《てぬぐ》いでぬぐった。

およそ二十年ぶりの上京であった。随分ひさしぶりなのは多少気掛かりではあったが、それにしても自分の若き日を過ごした都を再訪するのである。なにも怖気《おじけ》づくことはない。今朝、郷里の町を発《た》ってくるときも、格別な緊張も興奮もなく、気持は至って平静であった。ところが、懐《なつ》かしい都の駅のプラットホームに降り立った直後から、まだ何歩も歩かぬうちに、傍若無人な二人の人間と突き当たったいまは、もはや平静さを失って動揺しはじめている自分に気づかないではいられなかった。この二十年間に、東京は、街の様子ばかりではなく、そこに暮らしている人々の歩き方まで変わってしまったのではなかろうか、と彼は思った。

それかといって、いつまでもプラットホームのベンチにへたり込んでいても、仕方がない。彼は勇気を出して腰を上げた。駅の構内には大勢の人々が行き交ったり、佇んだりしていて、その人々との衝突を避けることにばかり気を取られていた彼は、タクシー乗場へ辿《たど》り着くまでに、なにはともあれ今回は二泊の予定を一泊だけで帰ることにしようと考えただけであった。

宿は、神田のビジネスホテルを予約してあった。二泊というのは、用件は最初の晩に済ませてしまい、翌日はせっかくの機会だから多少思い出のある場所を何個所か訪ねてみるつもりであった。三日前に窯《かま》出《だ》しを終えたばかりだったので、すこしは羽根を伸ばそうと思ったのである。

ホテルのロビーでも、男の子とぶつかった。子供でも、人は人である。これで、駅のタクシー乗場で肩を強く突き合わせた老人を加えて、一時間そこそこの間に四人の人間とぶつかったことになる。どちらに非があったにしろ、これは、なにがなし異常なことではあるまいか。

彼は、フロントで部屋のキーをもらうとき、二泊目のキャンセルを伝えて諒承《りょうしょう》を得た。

用件というのは、この秋に珍しく彼の個展を催したいと申し出てくれた、銀座裏の画廊の女主人と会って細かな打ち合わせをすることであった。女主人は、前にいちど彼の窯場をはるばる訪ねてきてくれたことがあり、個展についてはその折におよその相談を済ませてあるから、今度の上京は、個展の会場になる彼女の画廊をゆっくり見せてもらって、展示する作品の種類や点数の見当をつけるのが目的であった。

一服してから、画廊へ到着を知らせると、女主人は、店を見て頂いてから夕食を御一緒したいから、夕刻の五時にそちらのホテルのロビーでお待ちしている、といった。わざわざ迎えにきてくれるというのである。それは恐縮ですな、と彼はいったが、内心ほっとしていた。こちらから訪ねていくことにでもなったら、画廊へ辿り着くまでに一体何十人の人とぶつかり合うことになったかわからない。

約束の時刻にロビーへ降りていくと、女主人は先にきて待っていた。

「つかぬことを伺いますが、ここへくる途中、誰かとぶつかりませんでしたか。」

再会の挨拶が済むと、彼はすぐにそう尋ねた。女主人は、わずかに眉《まゆ》をひそめて彼を見詰めた。

「ごめんなさい。よく聞き取れなかったんですが……なんとおっしゃいました?」

彼はおなじ問いを繰り返した。相手は訝《いぶか》しそうな顔になった。

「ぶつかる、といいますと?」

「ごく普通の意味で。体と体が突き当たることです。」

女主人は、呆《あき》れ顔でかぶりを振った。

「いちども?」

「いちども。でも、どうしてです?」

彼は、すこしの間、話そうか話すまいかと迷っていたが、結局話さずにはいられなかった。

「実はですね、僕は新幹線を降りてからこのホテルの部屋に入るまでの間に、四人もの人とぶつかったんです。勿論《もちろん》、どちらも、ぶつかろうとしてぶつかったんじゃありません。互いに避けるいとまもなく、ぶつかってしまったんです。」

「まあ。どうしたのかしら。お怪我《けが》はなかったんですか。」

「なにも。怪我をするほど激しくぶつかるわけではないんです。」

「でも、物の弾みということもありますから、お気をつけなくっちゃ。御郷里でもそんなふうでしたの？」

「いや、田舎では人とぶつかり合ったことなど、いちどもありません。」

「結局、東京は人が多すぎるということでしょうか。」

なるほど、と彼は思い、高校を卒業する年に受験で初めて上京して人の多さにひどく驚かされたことや、盛り場の雑踏のなかをすいすいと前へ進めるようになるまでにはかなりな時間を要したことなどを思い出した。

「そうすると」と彼は苦笑いを浮かべていった。「僕はさしずめ二十年ぶりのおのぼりさんということですか。」

「近頃の東京は、五年ぶりでもおのぼりさん気分になるそうですからね。」

と女主人はいった。

タクシーを拾って画廊までいき、そこで小一時間ほどを過ごしてから、歩いて近くの街角のちいさなフランス料理の店に案内され、田舎に引き籠《こも》っていれば生涯お目に掛かることもないと思われる珍しい料理を数種御馳走《ごちそう》になった。食事の途中で、女主人が、乾杯のために注がれたワインがすこしも減らない彼のグラスを見て、憐《あわ》れむようにいった。

「ワインが料理の味を引き立てるんですが、残念ねえ、一口も召しあがれないのは。」

全く彼は、その晩ほど酒類を一滴も受けつけない自分の体質を、しんから情けなく思ったことがなかった。

その店を出たところで、素面《しらふ》の彼が画廊の女主人に軽く追突した。おっと失礼、と両手で肩をそっと抑えると、

「大丈夫かしら。ホテルまでお送りしましょうか？」

と女主人が心配そうに振り向いていった。

「い、いや、結構。大丈夫、独りで帰れますよ。じゃ、おやすみ。」

彼はあわててそういうと、客を降ろしたばかりのタクシーの方へ手を上げながら小走りに急いだ。

翌朝、ホテルのグリルで食事をしているところに画廊の女主人から電話があった。

「今日お帰りなんでしょう？」

「午後の新幹線に乗るつもりです。」

「私、一つ心配なことがあるんですけど。」

「なんでしょう。」

「先生が、ちょっとした御病人でいらっしゃるんじゃないかしらと思って。」

彼は、声を上げて笑った。

「僕は健康ですよ。至って健康。田舎へ引き揚げてからは何度か風邪をひいただけですから。」

「時々、お医者に診てもらってます？」

「いいえ。だって、どこも悪くないんだもの。」

「そこが心配なのよね。」と、女主人は溜《た》め息《いき》混じりにいった。「二十年ぶりのおのぼりさんにしても、人にぶつかりすぎるような気がするんですけど、いかが？」

そういわれればその通りで、彼は黙っていた。

女主人の電話の要旨は、せっかくの機会なのだから、いちど東京の医師に会って、意見を聞いて帰ったらどうかというものであった。自分には、長年昵懇《じっこん》にしている開業医がいる。親切で、信頼できる医師である。もし午前中が空いているなら、その医師を訪ねてみたらどうであろうか。そちらの当惑については自分から彼によく話しておく。だから、医院の受付で名を告げるだけでいい。女主人はそういって、このホテルからあまり遠くないところにあるその医院の所番地と、念のために電話番号を教えてくれた。

電話で話している間は、大きなお世話だという気がしていたが、自分のテーブルに戻って温《ぬる》くなってしまった紅茶を啜《すす》りながら、まだ耳に残っている画廊の女主人の言葉を反芻《はんすう》しているうちに、物はためし、彼女の勧めに乗ってその医者に会ってみようかという気になった。このまま、よく人にぶつかるという不愉快な謎《なぞ》を土産に帰るのも味気ないではないかと思った。

画廊の女主人と昵懇だという口髭を生やした六十近いと見える小太りの医師は、彼をデスクのかたわらの椅子《いす》に坐《すわ》らせると、あなたについてはさきほど銀座の画廊からくわしい電話があったといった。

「東京は人が多すぎます。」と、医師は穏やかな微笑を浮かべながら唐突にいった。

「いまは地方の静かな町にお住まいだそうですが、そういう町に比べて、東京は、人が多すぎるばかりではなく暮らしのテンポがちがいすぎます。たとえば、歩き方も速度も随分ちがっているでしょう。ですから、地方から上京された方はあらゆる面で戸惑うはずです。健康な人でも、馴《な》れるまではトラブルが絶えないでしょう。」

「僕は健康なつもりなんですがね。」

と彼も微笑していった。

「そうかもしれません。ですから、このまま東京に留まっておられれば、徐々に馴れて、しまいには暮らしになんの不自由も感じられなくなる公算は大です。ところが、健康を誇っておられる方の体内に思わぬ病気がひそかに芽を吹いていることがしばしばでしてね。こんな芽は早く見つけて摘み取ってしまわなければなりません。」

「でも、僕には、どんな病気の徴候も自覚症状もないんですが。」

「そうでしょうか……。」

医師は微笑を濃くして、確信に満ちた口調でそういう彼に目を細めた。

「でも、あなたは歩行中よく人とぶつかるんでしょう？　それがなにかの徴候かもしれないとは思われませんか？」

彼は口を噤《つぐ》んでしまった。

「私は医者ですから医者の立場でお話しします。」と医師は相変わらず穏やかな口調でいった。「もしもあなたのような方に悩みを打ち明けられますと、私たち医者は、まず平衡感覚になにか異常が生じたのではないかと考えます。医学の方では〈運動失調〉と呼んでいますが、それがあらわれる疾患として次の三つがすぐ頭に浮かびます。一つ目は小脳の血管障害。これは梗塞《こうそく》と出血です。二つ目はパーキンソン症候群。三つ目はアルコール性神経障害です。あなた、お酒は？」

「まるっきり駄目です。体が受けつけないのです。」

「じゃ、これは除外していいでしょう。遺伝性のものがあるので伺いますが、御家族や肉親にあなたと同様よく人とぶつかる方はおられませんか？」

「おりません。僕だけで、それもつい昨日からです。」

「医者は最近のものほど血管障害を疑うのです。朝、顔を洗うとき、よろけたり、体が揺れたりしませんか？」

「しませんね。」

彼は、椅子から立たされ、床を素足で何度か行きつ戻りつさせられた。

「結構です。」と医師はいった。「パーキンソン症候群の疑いが濃い人は、前屈《まえかが》みになって爪先《つまさき》を上げずに摺《す》り足で歩きます。」

次に、医師は指をひらいた両手を自分の胸許《むなもと》へ突き出させて、指先を見詰めた。次には、デスクの上のボールペンをいちど拾い上げてから、また戻し、いまの自分と同じ動作と速さとでボールペンを取り上げてみよと命じた。こんな児戯にも等しいことを、と彼は羞恥《しゅうち》をおぼえたが、どうやらいつの間にか診察コースに引き込まれているらしいので、命じられた通りにおなじことを二、三度繰り返してみせた。

「はい、もう結構です。」と医師はいった。「指先がほとんど顫《ふる》えませんでしたね。もし目的物を摑《つか》もうとした瞬間、指がわなわなと顫えるようですと、小脳付近の異常が強く疑われます。」

医師は、なおも数種の簡単な反復動作を試みさせて、ようやく診察を終えた。

「やっぱり病気のせいじゃなさそうですね。」と、彼はポケットからあやうく煙草《たばこ》を取り出しそうになった手でハンカチを抜き取って、晴れ晴れといった。「仕事柄、あぐらで坐ってばかりいるもんですから、足にがたがきてるんですね。よく人とぶつかるのはそのせいでしょう。田舎へ帰ったら、せいぜい足を鍛えることにします。」

「それよりも、CTスキャンを備えた病院を探される方が先でしょうね。」

「CTスキャン……。」

と医師はいった。

「御存じでしょうが、コンピューターを使って内臓の断層エックス線写真を写し出す装置です。」

「その装置が、僕のどこに必要なんです？」

「小脳です。」

彼は笑い出した。

「いま小脳ではなくて足のせいだとわかったばかりじゃないですか。」

「あなたお一人がわかっただけですよ。」と医師はいった。「御郷里におられた間はほとんど障害にならなかった足の衰えが、上京された途端に顕著になったという理由が私には理解できません。やはり平衡感覚の異常、運動失調は疑ってみる必要があると思います。もう何日か滞在なさるなら、最新の医療機器を完備した病院を御紹介できるのですが……。でも、御郷里の近辺にもきっとありますよ、そんな病院が。どうぞ誤解なさらないでください。私はなにも、あなたの小脳に血管障害があるといっているのではありません。もしかしたら、あるのではないかと、心配しているのです。その心配を取り除くためにも、不幸にして病気が発見されたらそれを芽のうちに摘み取ってしまうためにも、早くあなたの力になってくれる病院を探し出して頂きたいのです。」

医院を辞去するとき、医師は親切にも新しい主治医の参考のためにといって、今日の診察所見を細々としたためた手紙を渡してくれた。

その医師の手紙が、気のせいか背広の内ポケットにじっとりと重い。これが二十年ぶりのおのぼりさんの東京土産かと思えば、憮然《ぶぜん》とせざるを得ない。あの医師には悪いが、この手紙を郷里へ持ち帰ったところで、おそらく役立てる機会がないにちがいない。せっかくだから捨てずに保存はするが、そのうちにどこかへ仕舞い忘れてしまうだろう。彼は、帰りの新幹線のなかで、無意識のうちに後頭部の小脳のあたりを指先で軽く叩《たた》きながらそんなことを考えたりした。

パピヨン

玄関へ入って、すぐに、微《かす》かな異臭を嗅《か》いだ。嗅覚《きゅうかく》には自信を持っている彼は、靴を脱ぎながら、二、三度短くあたりの空気を嗅いでみた。確かに、全く馴染《なじ》みのない臭《にお》いがする。けれども、それがなんの臭いなのかは見当がつかない。

「お母さんは？」

と彼は、ドアを開けてくれたついでに、下駄《げた》箱の上の花瓶からコンクリートの床にこぼれ落ちている菜の花の花粒を掌《て》に拾い取っている娘に尋ねた。

「お勝手よ。」

と娘は答えた。

数年前から神経を病んでいる彼の妻は、ときおり発作的に、なんとも名付けようのない複雑きわまる味わいの料理を作る。すると、やはり台所から漂ってきた臭いであったかと彼は思い、

「今夜はどんな御馳走《ごちそう》かな？」

と娘に訊《き》くと、

「お母さん、食事の支度をしてるんじゃないのよ。ただ食卓の椅子《いす》でうっとりしてるだけ。」

と娘はいった。

けれども、廊下の奥の台所の方へ進むにつれて異臭が濃くなってくる。彼は、首をかしげながら歩いていった。

食堂を兼ねた台所を覗《のぞ》いてみると、なるほど娘のいう通り焦茶色《こげちゃいろ》の縁取りのある黄色いエプロンを掛けた妻が、箍《たが》の弛《ゆる》んだような顔をして食卓の椅子にゆったりと腰を下ろしている。異臭はここが最も濃かったが、一見して、妻も台所もいつもとなんの変わりもなさそうであった。

「ただいま。気分はどうだい？」

普段通りにそう声をかけると、それには答えずに、

「あたし、カンガルーになったの。」

と妻はいった。

だが、彼はもはや妻の奇矯な言動には驚かなくなっている。

「ほう、カンガルーにか。珍しいものになったね。」

と彼は微笑していった。すると、ほら、と妻は椅子から腰を上げて、膨らんだ腹部を指差してみせた。彼はさすがにぎくりとしたが、エプロンの大きなポケットになにか入っているのだと、すぐに気づいた。

「なるほど、カンガルーだ。袋のなかには、なにが入っているのかな？」

「パピヨンよ。」

と妻はいった。

「パピヨン？　フランス語のつもりかい？」

「勿論《もちろん》。さすがだわ。」

彼は、大学でフランス語をほかの外国語よりは余計に学んだから、パピヨンぐらいならわかる。パピヨンといえば蝶《ちょう》のことだが、近所の誰かにもらった揚羽でも円筒形の虫籠《むしかご》に入れてあるのだろうか。けれども、それにしてはエプロンのポケットを膨らませている丸味を帯びたものに、虫籠などとは異質の重みが感じられるのは解《げ》せなかった。

「珍しい蝶々は」と彼はいった。「そんなところに入れておかないで、明るいところへ出して眺めるものだよ。」

「だって、蝶々じゃないもの。」

と妻はいった。

「蝶々じゃない？　でも、自分でパピヨンといったろう？」

「でも、蝶々なんかじゃないの。見る？」

妻が大きなポケットの口をひろげたので、長身瘦軀《そうく》の彼は腰を折るようにして覗き込んだ。いかにも、妻のパピヨンは蝶ではなかった。金茶色の毛のふさふさとした小動物で、それがポケットの底に四肢を伸ばして横たわっていた。

「こいつがパピヨンかい？」

と彼は驚きを隠さずにいった。

「そうよ。」

「パピヨンとは、君が名付けたの？」

「まさか。これはもともとパピヨンという種類の犬なのよ。」と妻はいって、エプロンのポケットの底から両手で大事そうに仔犬《こいぬ》を抱き上げた。「ほら、この耳をごらんになって。体の割には大きな耳でしょう。大きな耳だけど、だらりと垂れたりはしないの。この耳の形、蝶々の翅《はね》によく似ているでしょう？　それで、この犬の種類はパピヨンと呼ばれるようになったんですって。」

「なるほど。じゃ、フランス産か。」

「当然よ。大学で習わなかった？　四年間もフランス文学やってて。」

彼は、喉許《のどもと》に群がる言葉をすべて吞《の》み込んで、目をしばたたいた。実際のところ、学生時代に目を通したテキストにはパピヨンという犬のことなどいちども出てこなかったし、実物にもいま初めてお目にかかったばかりなのだ。妻は、尖《とが》らせた唇を、仔犬の大きな耳の片方へ軽く押し当てると、また両手でそっとエプロンのポケットの底へ戻した。

勤めを終えて帰宅しても、温かい飲みものが出なくなってからひさしくて、彼は食器戸棚からコップを取り出して流しへいき、立ったまま水をひと息に飲んだ。そうか、異臭を発していたのはあのパピヨンだったのだ。

「ところで、その犬の仔は」と、彼は流しの前の窓から隣家の泰山木の大輪の花がそこだけ夕闇《ゆうやみ》を明るませているのを眺めながらいった。「どういう訳で君のエプロンのポケットのなかにあるんだい？」

「どういう訳って、私の物だからよ。」

と妻は答えた。

「どうして、君の物になったんだろう。」

「あなた」と妻は彼を睨《にら》んだ。「まさか私がよその飼犬を勝手に連れてきたと思ってらっしゃるんじゃないでしょうね。」

「そうは思わないさ。誰かが持ってきてくれたの？」

「いいえ。私が買ってきたのよ。」

「買ってきた？　どこから？」

「勿論、ペットショップからよ。」

彼は驚いた。妻は、神経を病むようになってからはいちども街で買物などしたことがなかったのだ。

「びっくりしたでしょう？」と妻は面白そうにいった。「でも、御心配なく。あなたのふところに迷惑はかけないから。自分のお金で買ったんだから。」

「ペットショップへは独りでいったの？」

女子大三年生の娘の乃里子《のりこ》が休講つづきで早く帰宅したから、ついてきてもらったのだと妻はいった。

彼は、三年前に長年勤めた出版社を定年退職して、いまは学生時代の旧友が経営しているちいさな印刷会社を手伝っている。スーツを、好きな木綿のシャツとズボンに着替え、二階の書斎の窓ぎわに据えてある退職記念に購入した黒い革張りの安楽椅子に寛《くつろ》いで、オランダ帰りの知人から土産にもらった細身の葉巻をふかしていると、乃里子がドアから顔を覗かせて、

「お風呂《ふろ》の支度ができましたよ。」

といった。

彼は、返事をしてから娘をそばへ呼び寄せて小声でいった。

「お母さんのパピヨンを見たよ。」

「案外かわいい犬でしょう？」

「おまえも一緒に街へ出たんだって？」

「そうなの。一緒においでっていうから。でも、まさかペットショップへいくとは思わなかったわ。」

娘の話を聞いてみると、妻はなにか別の買物の途中にたまたまペットショップの店先でパピヨンを見かけて衝動的に買ったのではなく、病院の往《い》き還《かえ》りに車の窓から見《み》憶《おぼ》えていたらしいペットショップへ脇目《わきめ》も振らずに直行したということであった。

「おまえ、お母さんが犬好きだってこと、知ってたかい？」

「ちっとも知らなかったわ。」と乃里子は目を大きくしてかぶりを振った。「だから、お母さんの病気が急に悪くなったのかと思って、心配したの。でも、お母さんはべつにパピヨンにこだわったわけじゃなかったみたい。そこに偶然パピヨンがいて、珍しい耳の形が気に入ったから、それを買うことにしただけみたい。極端にいえば、犬でなくても、いつも自分のそばにいてくれて、自分を病人扱いしないで、自分の話すことを大人しく聴いてくれる小動物なら、なんでもよかったのよ、きっと。タクシーのなかで、独法師《ひとりぼっち》はもうたくさん、とても我慢がならないわって、独り言を呟《つぶや》いてたから。」

数年前、彼の郷里で両親と兄とが、事故や急病で一年のうちに次々と世を去るという不幸があり、彼は最初から遺産問題には不熱心だったが、気丈な妻は怯《ひる》むことなく欲の皮の張った親戚《しんせき》たちと渡り合っているうちに、揉《も》みくたになり、やがて神経を病むようになったのだった。夫でありながら、通院の際の付き添い役のほかにはなにもしてやれない彼は、娘の話を聞いて胸が痛んだ。

「お母さんがお店の人に、いきなり、このパピヨンというのを頂戴《ちょうだい》といったのにもびっくりしたけど、値段を聞いてもっとびっくりしたわ。」

と娘がいった。

「いくらした？」

娘は無言でVサインのように指を二本立ててみせた。

「二万か。」

娘はうんざりしたような顔をした。

「桁《けた》が一つちがうのよ。」

彼は目をまるくした。

「それを即金で買ったのか。」

「そうよ。しかも折り目のない新札で。お店の人もびっくりしてたわ。お札を数えながら何度も上目でお母さんの顔を盗み見たりしてね。」

金銭には無欲な病人だとばかり思っていた妻が、いつの間にそんな大金を貯《た》め込んでいたのかと、彼はいささか薄気味悪い思いがした。

浴室で湯に漬かっていると、古い記憶の底の方から、パピヨンという言葉とそれに纏《まつ》わるささやかな思い出が浮かんできた。大学を卒業する直前、卒業論文の指導教授を十数人の級友たちと囲んで、ブランデー入りのコーヒーを飲んだときの思い出だ。場所は、大学正門前の茶房で、忽《たちま》ち目のまわりを赤くした教授は、雑談の途中で、彼等の大先輩に当たる高名な詩人の、こんな内容の作品を紹介した。

それは、詩だったか随筆だったか、もう思い出せないが、初夏の明るい午前、郊外電車の座席に姿勢よく腰を下ろしていた瀟洒《しょうしゃ》な装《よそお》いの老紳士が、突然、発音正しく、

「パピヨン。」

と呟くのである。けれども、まわりの乗客にははっきりときこえたのだから、ちい

さく叫んだといった方が正しいかもしれない。乗客たちの視線が老紳士の顔に集まった。老紳士の目はむかい側の窓に向けられていた。彼は、電車の窓近くで、美しい蝶が風に煽《あお》られて思わず飛翔《ひしよう》を乱したのを見たのだろうか——ただそれだけの作品であった。

「……君たちにも、いずれはそんな優雅な老人になってもらいたいものだな。」

短い沈黙ののち、教授はそういって別の話題に移った。

妻は、仔犬をパピヨンと呼びつづけた。これは、たとえばブルドッグを、よう、ブルドッグと呼ぶようなもので、甚だ芸のないことであったが、妻はパピヨンという言葉が気に入っていて、それ以外の呼び名が思いつかなかったのである。

妻は、パピヨンを片時もそばから離さず、暇さえあれば膝《ひざ》にのせて蚤《のみ》取りに熱中し、朝夕二度の食事も茹《ゆ》でた鶏《とり》の笹身《ささみ》を自分でむしり、ドッグフードとよく混ぜて与えていた。夜は自分のベッドの下に寝かせていたが、寝つきの悪いときは乃里子が自分の部屋のソファを提供させられた。人に飼われる小動物というものは、特別なことをするわけではなく、ただその家で一緒に暮らしているだけで、いつしか家族を自然に和合させてしまうという不思議な力を持っている。パピヨンが家族に加わってから家のなかの雰囲気がすっかり明るくなったことは、彼も認めないわけにはいかなかった。

パピヨンは成長したが、骨格がしっかりして足腰にしなやかな肉がつくと、それ以上は大きくならなかった。外へ散歩に連れ出す必要が生じると、その役は当然のごとく彼に課せられた。けれども、彼はそのことを心ひそかに悦《よろこ》んでいた。犬の散歩は自分のための運動にもなるし、いまとなっては夫として、妻のためにしてやれる唯一《ゆいいつ》の奉仕だったからである。

彼は、パピヨンの散歩時間を、週日は出勤前の七時半から三十分間、週末の土曜と日曜は午前中に一時間ずつときめ、雨降りでない限り、乃里子がペットショップから買ってきてくれた先の方が犬の頭を通す輪になっている赤い布製の引き綱をパピヨンにつけて、毎朝おなじコースを歩いた。

パピヨンはよくなついて、彼のいうことはなんでも聞いた。彼は、週末にだけ、途中で缶ビールを一つ手に入れて、それをいつもは通り抜けるだけの小公園のベンチでゆっくり飲むのがならわしだったが、彼が飲み干すまで、パピヨンは彼の足許にきちんとお坐《すわ》りをして、潤《うる》んだ黒い目で彼の顔を見上げている。

「どうだい、旨《うま》そうだろう。おまえが人間だったら、ひとくち味をみせてやるんだがな。」

機嫌のいいとき、彼はパピヨンにそんなことをいったりした。また、住宅地で道に人影が絶えると、こんなふうに話しかけることもあった。

「パピヨンよ。おまえは大したやつだな。おまえがうちにきてから、お母さんの病気がすこしずつよくなるみたいなんだ。病院の医者も、ぼくも、どうにもできずにいる厄介な病気がだぜ。」

　ある穏やかな日曜日の午前、彼が途中の小公園のベンチで缶ビールを飲んでいると、すぐ近くで、おじいちゃんと、呼ぶ女の子の声がした。おそらく、女の子は一緒にきた自分の祖父を呼んだのだろう。彼はそう思って、缶ビールに口をつけたまま声がした方へ目をやった。すると、ベンチから三メートルほど離れた花壇の縁に、いつの間にか学齢すれすれと見える赤いスカートの女の子が立っていて、こちらを見ている。あたりには、女の子の祖父らしい老人の姿はない。ちょうど缶ビールは空になった。彼は、ベンチの後ろにある屑籠《くずかご》に空缶を投げ入れると、女の子を手招いた。

「その犬、こわくない？　嚙《か》みつかない？」

　女の子はそういいながら、おずおずと近づいてきた。

「嚙みつきゃしないよ。ただ舐《な》めるだけだ。」

女の子は、ちょっとの間パピヨンを見下ろしていたが、やがてうずくまってそろそろと撫《な》ではじめた。彼は思わず息を詰めた。なにしろ、パピヨンは家族以外の人間に触れられるのが初めてなのである。けれども、彼が想像していたより遥《はる》かに温厚なパピヨンは、おどおどと彼を見上げては舌の先で女の子の掌《て》をちろりと舐める。彼は、安心して煙草《たばこ》に火を点《つ》けた。

「さっき、おじいちゃんって呼んだね。」

「うん。」

「おじいちゃんなんて、どこにもいないじゃない。」

「いるよ、ここに。」

女の子は指で彼の膝を突っ突いた。彼は笑い出した。

「やっぱり、そうか。驚いたね。おじいちゃんっていうけど、この人、いくつだと思う?」

そういって自分の鼻に人差指を立てると、

「九十歳。」

と女の子は躊躇《ためら》わずにいった。

彼は噴き出したが、途中で真顔になった。

「九十歳か。参ったなあ。」

「参ったって？」

「がっくりしたら、腰が抜けちゃって立てないよ。」

女の子はにやにやした。

「じゃ、おじいちゃんはそこでお休みしてて。わんちゃんは、あたしがお散歩させてあげるからね。」

女の子が引き綱を手繰ると、それはなんの抵抗もなく彼の手から抜けていった。

「公園のなかだけだよ。門の外へ出たらいけないよ。」

女の子は笑って振り向いたが、返事はきこえなかった。パピヨンはいちども振り返らずに、小走りに女の子と遠ざかっていった。

彼は、短くなった煙草を地面に落として、スニーカーで踏みにじった。いつになくほろ酔い気分で、そのままベンチの背にもたれれば忽ち眠ってしまいそうだった。よく晴れた空に見入りながら、九十歳とは参ったなあ、とまた思った。それからすぐに、いや、参ることはない、と考え直した。あの子は、白髪のある人はみんな九十歳だと思い込んでいるだけなのだ。

――しばらくすると、きゃん、というパピヨンの甘えた吠《ほ》え声がきこえたような気がした。彼は、目をしばたたきながら公園のなかを見渡した。女の子もパピヨンも見当たらなかった。彼は、弾《はじ》かれたようにベンチから立ち上がった。すると、そのとき、門の方から女の子がこちらへ歩いてくるのが目に入った。彼はその方へ駈《か》け出した。近づいて、愕然《がくぜん》とした。パピヨンの姿がない。女の子は、引き綱だけを地面に引きずっている。

「パピヨンはどうしたの？」

声が顫《ふる》えた。

「パピヨンって？」

「さっきの犬だよ、耳の大きな。」

「あの耳、大きすぎるのよ。」と女の子はいった。「門のところでね、紐《ひも》の輪から自分で頭を抜こうとするんだけど、どうしても耳が閊《つか》えちゃうの。痛そうで、かわいそうだから、手伝って外してやった。」

「で、パピヨンは？」

「道を走っていった。」

「どっちへ？　道へ出て教えなさい。」

門を出て、女の子の指さす方へよろよろと駈けた。パピヨンが車に轢《ひ》かれたら、と思うと、背筋が寒くなった。ようやく薄日が差してきた我が家は、どうなるのか。快方に向かいつつある妻は、どうなるか。

車道にも、路地にも、パピヨンの姿は見えなかった。車道に犬の轢死《れきし》体《たい》も見えないのが、なによりの救いであった。探しながらしばらくいくと、道端に広いキャベツ畑があり、その真ん中あたりから、十匹ばかりの紋白蝶《もんしろちょう》が湧《わ》くように舞い上がるのが見えた。つづいて、それらを宙で捕えようとするかのように前肢《まえあし》を上げて飛び上がるパピヨンも見え、彼は思わず、あ、とちいさく叫んでキャベツ畑のなかへ踏み込んだ。けれども、もうパピヨンの姿はどこにも見えず、どこかを動き回っている気配もなかった。

すると、さっき紋白蝶を追って飛び上がったかに見えたのは、まぼろしだったのだろうか。いや、そんなはずはない。確かにパピヨンが見えたのだ。彼は、目のなかにあるパピヨンの残像を追ってキャベツの列を何本も跨《また》ぎ、畝《うね》の間を小走りに急ぎながら、パピヨンよ、と何度も呼び掛けたが、それは、情けないことに、郊外電車の老紳士ほどの呟きにもならなかった。彼は、せめてパピヨンの好きな口笛を鳴らしてみようと思ったが、尖《とが》らせた唇からは、荒い吐息が野を渡る風のような音を立てて切れ切れに噴き出たにすぎなかった。

つやめぐり

街灯に羽虫が渦を巻いていた。道端に、扉の代わりに車止めの鉄パイプを埋めただけの門があり、背の低い煉瓦《れんが》造りの門柱が青白い明かりを浴びている。彼は、そばまでいってプレートにある公園という文字を確かめてから、連れの次長を振り返った。

「やっぱり、ここで降りたのが正解でした。近所の公園っていうのは、これでしょう。この裏手が広い住宅地になっているはずです。」

彼は、電話で問い合わせた道順を頭に浮かべながらいった。

「じゃあ、車はもう要らないね。」

「歩きましょう。距離はいくらもありません。」

次長は、歩道に寄せて停まったままこちらの様子を窺《うかが》っているタクシーの方へ、もう用済みだと手を振った。

日が暮れるころから風も落ちて蒸し暑い宵になっていた。二人は脱いだ上着を腕に抱え持ち、裏へ通り抜けるつもりで公園の奥の方へ歩いていった。薄闇《うすやみ》のなかに、ブランコや滑り台やジャングルジムがぼんやりと見えている遊園地まがいの小公園で、背の高い水銀灯に明るんだ円形の広場には、さっきまで子供らが鳴らしていたらしい花火の匂《にお》いがうっすら消え残っていた。

二人は、そこでちょっとした身支度を済ませることにして、広場を囲むように置いてあるベンチの一つに腰を下ろした。身支度といっても、ただネクタイを別に用意してきたものと取り替えるだけだから、ゆっくり歩きながらでもできないことはないのだが、腰を下ろせる場所があるならそれに越したことはない。彼は、次長のお伴《とも》にすぎなかったが、それでも念のために身なりだけでも整えておこうと思い、内ポケットに次長とそっくりのネクタイを用意してきていた。それを半袖《はんそで》ワイシャツの首に締め、脱いでいた上着を着て歩き出すと、まだ裏門まで辿《たど》り着かないうちに忽《たちま》ち汗ばんだ背中に下着が貼《は》りつくのがわかった。

「蒸しますね。」

と、彼はハンカチで額を抑えていった。

「暑い……おやじが死んだときのことを思い出すよ。」と次長がいった。「おやじは北の生まれで、暑がりでね。晩年には、夏なら涼しい風の吹く日に死にたいって口癖のようにいってたけど、実際に死んだのは土用の丑《うし》の日だった。」

「僕のおふくろも」と彼も思い出していった。「自分のことより、弔いにきてくれる人たちの迷惑にならないように、暑くもなく寒くもない季節に死にたがってましたが、やはり望みは叶《かな》いませんでした。寒中の雪降りの日に死にましたから。」

「誰でも望み通りの季節に死ねないもんらしいな。」

「そうかもしれませんね。森田さんだって……。」

　と彼はいいかけて、口を噤《つぐ》んだ。

　裏門の脇《わき》の電柱に、ひと目で手作りとわかる黒枠の道標《みちしるべ》が細い針金でくりつけてあった。人差指を水平に伸ばした片手の図案の下に、『森田家』とある。彼は、ほっとして次長へ指差してみせた。

「この道に間違いありませんね。確か三つ目の角を左へ折れたところです。」

　そういって歩き出しながら、いま出てきたばかりの公園の方を振り返って、

「……やっぱり、見えない。」

　と独り言を呟《つぶや》いた。

「見えないって、なにが？」

「美術館です。」

「美術館？」

「いまの公園に、美術館がありましたかね。」

「さあね……気がつかなかったな。」

「区立だというから、それほど大きなものではないでしょうが、美術館は美術館です

からねえ。さっき通ってくるとき、それらしい建物を見かけませんでしたか。」

「気がつかなかったな。」と、次長はおなじ言葉を繰り返した。「でも、どうして？　あそこに美術館がないと困るのかい。」

「いや、僕は困りゃしませんがね。なんだか不思議な気がすることはします。というのは、前にいちどその美術館の話を聞いたことがありますから。それを、歩いているうちにふっと思い出しましてね。ところが、そんなものはどこにも見当たらない。」

「美術館の話は誰に聞いたのかね。」

「森田さんです。」

次長は、黙って彼の顔を見ていた。

「まだ病気がちになる前でしたけど、そんなに昔のことではありません。」と彼はつづけた。「多分、頼んだカットを届けにきてくれたときではなかったかと思うんですが、今度自宅の近くの公園に美術館が建つことになったって、お茶を飲みながらなんだか嬉《うれ》しそうに話してくれたんです。区立の美術館だから、時々は区内在住の画家たちの展覧会もひらいてくれるようになるらしい、だから、長年こつこつと描き溜《た》めてきた自分の作品も遠からず陽の目を見ることになるかもしれないって、森田さん、若者みたいに顔を紅潮させてましたが……。」

「その美術館は、本当に建ったのかね。建つという噂《うわさ》だけだったんじゃないの？」

と次長がいった。

「わかりません。森田さんが美術館のことを口にしたのはそのときだけでしたから。森田さんの口振りでは、ただの噂だけではないみたいでしたがね。」

「そんなら、途中で立ち消えになったんだよ、その話は。美術館は結局建たなかったんだ。だって、さっきの公園のなかのどこにも、そんな建物を建てようとしたり取り毀《こわ》したりした形跡がなかったじゃないか。」

「なかったですね。」

「……もしかしたら」と、ちょっと間を置いてから次長はいった。「話そのものも最初《ばらくわ》からなかったのかもしれないよ。」

「といいますと？」

「森田さんの作り話だったかも。美術館も個展のことも、無名画家の願望から生まれた架空の話だったかもしれない。もしかしたら森田さんは、そんな夢を描いて挫《くじ》けそうになる自分を鼓舞してたのかもしれないな。」

「……それならそれでいいんですがね。ただ、僕がちょっと心配だったのは、ふとした錯覚で、森田さんが馴染《なじ》んだ公園とは別なところにきてしまったんじゃないかということだったんですが。」

「これがあるから大丈夫だよ。」

次長は遮るようにそういうと、道標の図案を真似《まね》て片手の人差指を水平に伸ばしてみせた。

「こんなものが出てるのは、森田家がそう遠くないという証拠だろう。まあ、大人しくついてってみるさ。」

古い住宅地の路地は、膨らんだり狭まったりしながら思いのほかに曲がりくねっていて、電話で聞いた道順など途中でわからなくなってしまったが、ところどころに出ている道標を頼りに歩いていって、とある角を折れると、行く手の道端に受付らしいテントが明るんでいるのが見えた。

「あれだな。」と足を弛《ゆる》めて次長がいった。「自宅で通夜《つや》をするとなると、あんなものまで要るわけだ。当世風に街なかの斎場を利用してくれた方が、足を運ぶ方も楽なんだがな。」

けれども、森田家のように、せめて通夜だけでも自分たちの手でと望む家族がいてもおかしくはない。それに、集まる客の人数がそう多くないのであれば、なにも高い費用をかけて広い会場を用意することもないのだ。

二人は、テントからすこし離れた路上に立ち止まった。テントの手前には古びた和風の門があり、黒白の幕を張り渡した生垣越しにまばらな庭木と瓦《かわら》屋根が見えていた。すでに僧の読経《どきょう》がはじまっていて、次長はハンカチで顔の汗を拭《ふ》きながらそっと舌うちした。

「いまさら愚痴をこぼしてもはじまらないけど、俺、こういう場所が大の苦手でな。お経を聞くと、途端に小便をちびりそうになる。子供のころ親戚《しんせき》の葬式でしくじった記憶が尾を引いてるんだ。部長に代理を頼まれなければ、きやしないんだが。」

次長は、預かってきた香奠《こうでん》の袋を内ポケットから抜き出して、湿ってやがる、と呟き、それから、なぜだか急に言動が捨て鉢になった。

「君は、こんな昔風の通夜に出たことがあるかね。」

「ありますよ、何度か。」

と彼は答えた。

「東京でか？」

「ええ。東京にだって、自宅で通夜をする家がまだありますからね。」

「だったら教えてくれよ、先輩。」と次長は真顔でそんなことをいうと、香奠袋を指先でつまんでひらひらさせた。「こいつを受付に出して、記帳する。そこから先はどうするかわからない。恥を掻《か》きたくないから聞いておきたいんだよ。」

「……それは僕にもわかりませんね。」と彼は困惑して口籠《くちご》もりながらいった。「どこの家にもそれなりの流儀があるでしょうからね。ともかく、門から入ってみれば何事もひとりでにわかるんじゃないでしょうか。」

次長は、またちいさく舌うちすると、

「用が済んだらさっさと出てくるからな。君はその辺をぶらついててくれよ。」

といい残して、通夜の客らしくもなく肩を揺すりながら大股《おおまた》にテントの方へ歩いていった。彼は、次長がちびりやしないかと気になっていたが、呼び止めてそれを告げるいとまもなかった。

独りになると、急に喉《のど》がひどく渇いていることに気がついて、近所をしばらく歩き回ってみたが、飲み物の自動販売機は見付からなかった。蒸し暑い夏の宵だというのに、どの路地にも夕涼みの人影がなく、家々は妙にひっそりとして、冷房のモーター音だけが新種の地虫の鳴き声のようにあたりの暗がりを満たしていた。

また森田家の前に戻ってみると、テントは明るんだまま無人になっていて、もう読経の声も止《や》んでいた。待つほどもなく、次長が汗を拭きながら急ぎ足で門を出てきた。

「やれやれ、これで今夜の役目はお仕舞いだ。」

どうもお疲れさんでした、と彼は次長が歩きながら脱いだ上着を受け取った。

「全くお疲れさんだったよ。」と次長はいった。苦になっていた重荷を下ろしたせいか、すっかり機嫌を直している。「ずっと庭に立ってたもんだから、脚がかったるい。お通夜って、君、くたびれるもんだな。」

次長の話によると、祭壇は庭に面した座敷の奥に設《しつら》えられていて、縁側のガラス戸を大きく開け放ち、靴のまま庭からでも拝めるように縁先に焼香のための炉がいくつか並べてあった。次長は、遅参した上に家に上がり込むのが面倒だったので、そのまままそっと庭の方へ回って、焼香の順番がくるまで植込みのなかに立っていたのだという。

「誰か知った顔を見かけなかったですか。」

と訊《き》くと、いや、全然、と次長はかぶりを振った。

「弔問客が意外にすくないんだよ。田舎では、葬式よりも通夜の方が人で賑《にぎ》わうんだけど、東京はどうやら逆みたいだな。」

「森田さんは安らかに眠ってたでしょうね。」

「多分ね。和やかな雰囲気のお通夜だったから。」

「……そうか。お通夜には柩《ひつぎ》の窓を開けたりはしないんですね。」

「そんなことはなかったようだけど、もしあったとしても、俺は多分遠慮したな。だって、他人《ひと》の死顔を見たって仕様がないもの。」

次長がそういって黙り込んだので、そうだ、柩といえば、と彼は話を逸《そ》らした。

「街の斎場が流行《はや》り出したきっかけは、柩だという説がありますね。近頃のマンションなんかには、どうしても柩が運び込めないところがあるんですって。あちこち造作の寸法がちいさすぎて。だからといって、遺体を入れた柩を縦にしたり横にしたりはできませんからね。遺体と柩を別々に運び入れたとしても、いずれ出棺のときは一緒にしなければならないでしょう。そうすると、今度は運び出せない……。」

「柩をちいさくするわけにもいかないだろうしね。」

二人はそんなことを話しながら歩いていたのだが、予《あらかじ》め行先の見当をつけていたわけではなかった。ただ、二人とも、なんとはなしに、さっきの道を引き返しているつもりになっていた。ところが、気がついてみると、いつの間にか全く見憶《みおぼ》えのない初めての道を歩いているのであった。最初は、確かにきた道を戻りはじめたのだが、どこで間違えたものやら、いまは自分たちのいる場所も方角さえもわからなくなっている。二人は、一つの岐《わか》れ道のところで立ち止まってしまった。

「……どうする？　さっきの道を捜してみるか？」と次長がいった。「あの道が見付かれば、無事に振り出しへ戻れるわけだよ。例の片手の道標を逆に辿《たど》ればいいんだから。だけど、またあの公園へ戻ったところで仕様がないじゃないか。僕はこのまま歩く方がいいな。歩いてるうちに、ひょっこり、明るい街と冷えた白ワインに出会う方がいい。」

彼は、一も二もなく次長に同調して、また一緒に歩きはじめた。けれども、今度は、まだいくらも歩かないうちに足を停めることになった。行く手に、明るい街ではなくて、またしても手作りの道標があらわれたからである。

それを先に見付けたのは彼の方で、あ、と思わず声を洩《も》らしたあとはなにもいえずに、街灯の明かりに浮かび上がっている路傍の立木をただ黙って指さしていたのだった。黒枠の道標は、その立木の幹にくくりつけてあった。人差指を伸ばした片手の図案の下に『森田家』とあるのは、これまで見てきた何枚かとそっくりだったが、おなじものではなかった。よく見ると、左脇に春童とちいさく書き添えてあるのだ。

二人は、しばらくの間、顔を見合わせて目をしばたたいていた。

「……どうします？」

とやがて彼はいったが、声が喉にくっついた。

「……どうしますって？」

と次長もおぼつかない声でいった。

「……いってみますか？」

「……さっきの家に着くだけじゃないのか？」

「そうじゃないかもしれません。」

次長は黙って彼を見詰めた。

「森田さんちが、もう一軒あると思ってるのか、君は？」

「僕らが訪ねる森田さんちは一軒だけですが、森田という家はもう一軒あるような気がするんです。その道標には、春童と書き添えてありますね。春童というのは、亡《な》くなった森田さんがはにかみながら愛用していた雅号ですよ。それを書き添えることで、もう一軒の森田家と区別してるんじゃないでしょうか。」

「……すると、さっきの家は森田さんちじゃなかったのか。」

「森田という家でも、僕らが訪ねる森田さんちではなかったかもしれません。」

彼は、そういい終わる前に道標の指が示している方向へ歩き出していた。次長が小走りについてきた。二人は、いちいち春童と書き添えてある道標に導かれながら路地伝いに無言で歩きつづけ、やがて玄関に忌中の簾《すだれ》を垂らしている物寂《ものさ》びた二階家に辿り着いた。さっきの家とはちがって受付のテントなどなく、軒に吊《つる》した提灯《ちょうちん》が玄関前を明るませているだけの初めて見るその家の前を二人はさりげなく素通りしたが、ちいさな門柱に森田さんの本名を刻んだ表札がそのまま残されているのを見逃さなかった。

「……しくじったな、俺たちは。」と、路地の角を一つ折れてから次長が溜め息混じりにいった。「最初からあの家へいくんだったんだ。なんてこった。どうして、そうしなかったんだろう。」

「申し訳ありません、僕がどうかしてたんです。」と彼はハンカチで顔の汗を拭きながらいった。「僕は森田さんのお宅へ問い合わせて道順を聞いておきながら、別の公園へいってしまって、そこを森田家の近所の公園だと思い込んだのがそもそもの失敗でした。どうしてそんな錯覚をしてしまったのか、自分でもさっぱりわかりません。きっと、調べた地図と電話で聞いた道順が頭のなかでごっちゃになったんでしょう。実はあの公園を通り抜けるとき、ちょっと厭《いや》な予感がしたんですよ。話に聞いてた美術館なんかなかったですから。でも、公園の外であの道標《みちしるべ》を見て、これでいいんだと安心してしまった。まさか、この地区に森田さんが二人いて、しかもその二人がほとんど一緒に亡くなって、おなじ日に通夜がおこなわれるなんて思いもしませんからね。もし、あの道標がなかったら、僕らは最初の森田家にも辿り着けなかったでしょう。

だって、僕が聞いた道順があの道に当てはまるわけがありませんから。僕らは途中で立ち往生して、もっと早く間違いに気づくことになったでしょうね。いまになってみると、その方がよかったかもしれませんが。」

「滅多にない偶然がいくつも重なって、俺たちはとんでもない錯覚に陥ってたんだな。」と次長はいった。「俺だって、なんの関わりもない人のお通夜に出ていて全く違和感がなかったんだから、どうかしてたよ。むこうの森田家の人たちもべつに怪しまなかったしね。通夜って、そんなもんなんだな。」

「祭壇に遺影があったでしょうけど……。」

「ああ、写真ね。写真は確かにあったな。あれをよく見ればよかったんだ。だけど、俺は庭にいたし、ここが森田さんちだとすっかり思い込んでたから、縁側で焼香するときも写真なんか碌《ろく》に見もしなかったんだ。」

「あの家には、このまま黙っていいんでしょうか。」

しばらく無言で歩いてから、彼がいった。

「勿論《もちろん》構わないさ。とんだ飛び入りだったけど、べつに迷惑をかけたわけじゃないんだから。その代わり、あげた香奠は取り返せない。」

と次長はいって、ちいさく舌うちした。

「こっちの森田家にはどうしましょう。せっかくですから、引き返しましょうか?」

「いや。」と次長は、面倒なことはもう真っ平だというふうにいった。「このままにするわけにはいかないだろうが、今夜はもう無理だろう。俺たちに香奠の予備なんてないじゃないか。お宅の方も、行事があらかた済んだとみえてひっそりしてたしな。」

「それじゃ、僕が明日の告別式に出ることにしますよ、今夜のどじの埋め合わせのつもりで。」

と彼はいって、次長の耳には届かぬように太い吐息を長々と洩らした。

——そのとき、二人は、森田さんちの近所の、区立美術館のある小公園の脇道《わきみち》を歩いていたのだが、どちらも肩を落とし、うつむいていて、そのことにはすこしも気がつかなかった。

ゆめあそび

いつものように裏庭のむこうはずれで、夕空を仰ぎながら用を足した。家にも手洗いはあるのだが、八十を過ぎ、朝顔にねらいが定まらなくなってからは、夜ふけや雨降りでない限り、面倒でも裏庭のむこうはずれまで出かけて用を足している。

ところが、いま、母屋《おもや》へ戻ろうとして、ゆすらうめの樹下までき たとき、忠七は、不意に足許がたよりなくなって、ふらふらとした。けれども、べつに地面が泥濘《ぬかる》んで歩きにくかったわけではない。ちびた下駄《げた》で、落ちていたゆすらうめのまだ固い実を下手に踏んだせいでもない。ほんの一瞬のことだが、視野が突然ぐらりと揺れたような気がしたのである。

忠七は、咄嗟《とっさ》に片手でゆすらうめの幹に掴《つか》まっていた。そのままで目を瞠《みは》ってみたが、もう視野は微動だにしない。足を二、三度踏み鳴らしてみたが、なんの異常もない。

誰もいない母屋では、早くも充満した夕闇《ゆうやみ》のなかで先刻まで観《み》ていたテレビの青白い光だけが稲妻のように明滅している。忠七は、家の脇《わき》の路地に出る木戸の方へ歩きながら、いつになく気弱になっている自分に気がついた。いちど訳もなく体がふらついただけで、母屋に独りでいるのが心細いのだ。なにしろ齢《とし》だからな、と彼は、自分に言い訳するようにそう思った。

細い路地伝いに表へ回ると、娘が独りで切り盛りしているちいさな食堂の前に出る。自己流の腕を経験だけで磨いた素人《しろうと》の店だから、板壁に貼《は》ってある献立表にも、中華そばとワンタンのほかにありきたりの丼《どんぶり》ものが数種並んでいるにすぎない。くたびれた横長の暖簾《のれん》が、あるかなしかの夕風にも軽々とひるがえっている。煮干しでだしを取る匂《にお》いが籠《こも》っている店内では、中華そばの汁まできれいに平らげた若い客と、格子《こうし》縞《じま》の割烹着《かっぽうぎ》を掛けた娘とが別々のテーブルの椅子《いす》に腰を下ろして、テレビを観ていた。娘は、珍しく店の入口から入ってきた忠七を見ると、驚いたように、

「あれ、祖父《じっ》ちゃ。どこさいってきたのし？」

といった。

忠七は父親なのだが、孫娘が生まれてからは、娘にも、市内の工務店に勤めている娘の亭主にも、祖父ちゃと呼ばれている。去年、嫁いだ孫娘が子を産んだら、娘を祖《ば》母《っ》ちゃ、と呼んでやろうか。

「裏から回ってきただけせ。冷《ひや》っこい水を一杯けれや。」

と忠七はいった。

客が椅子から腰を上げた娘を追うように立ってきて、大盛り中華の金を払うと、出

ていった。忠七は、さっきまで娘が坐《すわ》っていた椅子をテーブルに寄せて腰を下ろした。娘がコップに水を持ってきて、テーブルに置いた。コップはびっしょり汗をかいていた。

「いや、これでええ。」

「ただの水だえ。」と娘がいった。「冷酒の方がよかったえか。」

彼は、コップを持ち上げて口へ傾けた。娘は笑い出した。

「なんの真似《まね》？　催促な。やっぱし冷酒の方がよかったんだえ。」

娘がなにをいっているのか、彼にはさっぱりわからなかった。彼は、気勢をそがれて、一旦《いったん》口のそばまで運んだコップをテーブルに戻そうとした。ところが、テーブルにはすでにコップが戻っている。彼は、思わずコップを持っているはずの自分の手に目をやった。掌《てのひら》も指も、コップを持つ形をしているが、そこにはなにも見当たらなかった。

彼は、テーブルの上のコップの水がすこしも揺れていないのを、不思議な気持で見詰めていた。娘はまだ笑っている。

「いま、我ぁこの水を飲むべっとしたな。」

「そう。飲む真似だけよ、手だけで。」

と娘がいった。

するとコップは最初から持たなかったのだ。道理で、冷たさも重たさも全く感じなかった。おそらくコップの汗で手が滑ったのだ。

彼は、注意深くもういちどコップを持ち上げようとした。けれども、今度も掌や指の腹がコップの外側を撫《な》ぜるばかりで、コップは持ち上がらなかった。また、一層慎重に試みたが、結果はおなじことであった。

仕方なく、彼は口の方をコップに寄せて、ひとくち啜《すす》った。コップの縁に前歯が当たってかちかちと音を立てた。

「どしたの、祖父ちゃ。顫《ふる》えてるの？」

娘は、いつの間にか真顔になっている。

「なに、顫えるくらい冷っこい水でもねえ。」

彼はそういって笑おうとしたが、うまく笑えなかった。

「なんだか様子が変だえ。」と娘がいった。「水のコップが持ち上げられないの？」

「なしてか、手に力が入らねえ。」

「握力がなくなったんだえか。痺《しび》れは？」

そういえば、いくらか痺れてもいるようだ。

「軽く中《あた》ったんだえか。」と娘が顔を曇らせて呟《つぶや》いた。このあたりで中るといえば、中風にきまっている。「ふらふらしてねで、寝ててけれ。一応医者に診せるべし。齢だすけ、油断がなんね。父《と》っちゃが戻ったら相談するすけ、それまで大人しく寝ててけれ。」

忠七は、娘に肩を貸してもらって母屋の寝部屋へいった。食堂と母屋は土間で繋《つな》がっているのだから、移るのは訳ないと思っていたのだが、店の椅子から腰を上げると、ひどい立ち暗みがして、とても独り歩きができそうにもなかったのである。

その晩、忠七は、娘婿《むすめむこ》の運転するライトバンで市内の愛生会病院というところへ連れていかれた。あまり評判のいい病院ではなかったが、夜間診療をしている総合病院はそこしかなかったのである。娘夫婦にしても、救急車を霊柩車《れいきゆうしや》とおなじくらいに嫌《けん》悪《お》している病人はここへ連れてくるほかなかったろう。

診察の結果は、ごく軽微な脳梗塞《のうこうそく》だが、念のために四、五日の入院が必要ということであった。忠七は、六人部屋に入れられた。一旦郊外の家に戻って、入院中の日用品を用意してきてくれた娘婿の話によると、入院費は一日六百円、食費は七百二十円で、計千三百二十円掛かるという。五日も入院させられたとしたら、忽《たちま》ち六千六百円がふっ飛んでしまう。この病院では、入院費を稼ぐためにどんな軽症患者にも様子を見るための入院を言い付けるそうだ、と娘婿はいった。

忠七は、最初から、自分は入院加療が必要なほどの病人ではないと思っていた。実際、二時間ほど眠ったあとは、立ち暗みが消え、右手の痺れもほとんど気にならなくなっていた。もはや入院の要はないと思われたが、病院では退院を許してくれない。その上、まるで患者を繫ぎ止める方便のように、日に二、三種類の検査を課し、あまり効果があるとは思えない点滴注射を強いるのである。

忠七は、二日暮らしただけで、病院というところがすっかり厭《いや》になった。なによりも、食事の不味《まず》さにはほとほと呆《あき》れた。塩気と油気の全くない食事なのである。つまり、味のない食事である。飢えを凌《しの》ぐためだけの食事だといってもいい。家ではいやいや口に運んでいたありきたりの惣菜《そうざい》が、いまでは山海の珍味だったように思い出された。

昼の間、うつらうつらしていることが多いから、夜、消燈《しょうとう》後に目が冴《さ》えてしまうのも困りものであった。老人には、寝床のなかで想《おも》うことなど、なにもない。他人の鼾《いびき》に耳を塞《ふさ》ぎたい気持で、何時間も寝返りばかり打っているのは退屈きわまりないことである。

堪《たま》りかねて病室をそっと脱け出したのは、三日目の夜ふけであった。病院は五階建てで、彼は三階の病室にいる。退屈凌ぎの夜歩きだから、病院から貸与された空色の病衣だけで、足の向くまま当てもなく歩いた。もっぱら階段を利用して、上ったり下りたり、仄暗《ほのぐら》い、ひっそりとしたすべての階の廊下を、ナース・ステーションの明かりを避けながら歩き回った。

家にいれば、裏山歩きを欠かしたことがないから、脚力には自信がある。いい気持だった。ここ何日間かの溜飲《りゅういん》が下がった。自分のベッドに戻ると間もなく、眠りに落ちて、翌朝の検温までいちども目醒《めざ》めなかった。

味を占めて、四日目の夜ふけにも試みたが、今度はしくじった。四階から階段を下ってくる途中、三階の方から上ってきた婦長と鉢合わせをしたのである。いきなり懐中電燈で照らされては、逃げも隠れもできない。

「ベッドが空だから、トイレかと思ってたら。どこへいってきたの？」

忠七は詰問《きつもん》されて、咄嗟に寝惚《ねぼ》けたふりをした。なにを訊《き》かれても、口をもぐもぐさせて、肝腎《かんじん》なことはなにも話さなかった。

「仕様がないわねえ。もう遅いから、自分のベッドへいって大人しく寝なさい。」

婦長は諦《あきら》めたようにそういうと、病衣の袖《そで》をつまんで六人部屋の方へ引いていった。

翌日の昼過ぎ、忠七はナース・ステーションに呼び出された。外来の診察を済ませてきた主治医が、ソファに脚を組んでかおりの高い西洋茶を啜っていた。

「あんたに、夢遊病の気があるようだという婦長からの報告があるんだがね。」

主治医はいったが、忠七はきょとんとしていた。

「本当は夢遊病という病名はないようだがね。」と主治医はつづけた。「普通、夢遊症とか夢中遊行症とかいうらしい。でも、世間では昔から夢遊病で通ってるんだな、婦長でもそういうんだから。」

「そいつは、どったら病気で？」

と忠七は尋ねた。

「僕はそっちが専門じゃないから、くわしい説明はできないけどね。まあ、わかり易《やす》くいえば、眠っている人間が途中で起き出して、なにかして、また眠ってしまう、ところが、その人間は、自分が途中で起きてなにかしたことについて、なにも憶《おぼ》えていない、自分がなにをしたのかわからない……そんな病気だよ。」

「妙《ひょんた》な病気でやんすなあ。」

と忠七はいった。

「全く。」と主治医はうなずいて、「そんな病気をする人間ってやつも、妙な生きもの

ばらくわ

さ。」

そういってから、鋭い目つきで忠七を見た。

「ところで、あんたのことだが、ゆうべ婦長に捕まる前になにをしてたか、憶えてるかね？」

「……歩いてました、あちこち、病院のなかを。」

と、忠七は内心うろたえながらいった。

「歩いてた……なんのために？目的はなんだったのかね？」

忠七には、答えられなかった。彼は、ただ歩きたくて歩いていたのだ。歩くことが唯一《ゆいいつ》の目的だったのだ。けれども、彼は黙っていた。本当のことを答えても、医者には信じてもらえないような気がしたからである。

「記憶がないんだね。」と主治医はいった。「なんの目的もなしに、夜中に病院のあちこちを歩き回るということは、常識では考えられないからな。目的はあったさ。でも、それをあんたが憶えてないんだよ。典型的な夢遊症の症状だな。」

「せば、我ぁその夢遊症の病人で？」

「かどうか、しばらく様子を見たいんだがね。」と主治医はいった。「当初は明日が退院日だったけど、二週間延長だな。専門医の意見も聞いてみたいしね。なかなか厄介な病気だし、考えようによっては恐ろしい病気でもあるから、この際じっくり調べておいた方がいいと思うんだ。お家《うち》の方には、病院からくわしく事情をお話しして、了解を得ておくからね。あんたはなにも気を揉《も》むことはない。」

忠七は、頭のなかで千三百二十掛ける十四と算盤《そろばん》をはじいて、うんざりした。

翌日、忠七はナース・ステーションの真向かいの個室に移された。夜になると、入口のドアを開閉するたびに、明かりが廊下に溢《あふ》れ出ているナース・ステーションのどこかで合図の低いベルが鳴る仕掛けになっている個室である。

そのベルの存在に気づいたとき、忠七は、窓口にいる若い看護婦に、自分のような老人は手洗いが近いのだから、うるさくて大変だろう、鳴らないようにしたらどうかと進言したのだが、聞き入れられなかった。

忠七は、わずかばかりの持ち物を整理しているうちに、ナイトテーブルの引き出しの奥から、手垢《てあかし》が染み込んでいる上に脂《あぶら》で光っている胡桃《くるみ》を、二つ見つけた。二つ一緒に片手に握って、揉むように動かすと、こりこりと乾いた音を立てて掌を刺激する。

これは、前にここで暮らしていた中風の病人が置き忘れていったものにちがいない、と彼は思ったが、すぐに、いや、これをここに置き去りにしたのはその病人が死んだからではないのか、と思い直した。それから、自分もこの先、次から次へと新しい病気を掘り起こされて、結局ここで生涯を終えることになるのではないかという気がした。

ある晩、忠七は唐突に、医者たちがそんなに熱心に仕立てるつもりなら、その夢遊症とやらになってやろうではないかと思い立った。それ以来、彼は夜ふけに手洗いに出かけると、容易に戻ってこない。病衣のポケットのなかでこりこりと胡桃を鳴らしては、〈自分はいま眠っているのだから、醒めている自分とは別人である。だから、たとえば若いころ自分の恋心を嘲笑《あざわら》った婆様《ばあさま》たちにどんな手痛い仕返しをしてやろうかとあれこれ考えて楽しんだとしても、なんの罪にもなりはしない〉などと考えを巡らしながら、病院中を彷徨《さまよ》っている。

無論、探しにきた当番の看護婦に、どこかで捕まる。けれども、観念して目をつむり、軽い寝息を立てながら、若い看護婦に手を引かれてそろそろとベッドへ帰っていくのもまんざら悪くない気持である。

医者たちの望み通りにこういう夜歩きを繰り返している限り、忠七はもはや夢遊症の患者以外の何者でもなかった。

みそっかす

そのとき、彼は、手洗いから戻ってまだ眠れずにいた。夜半の十二時を過ぎたばかりであった。

若いころから眠りが深くて、朝起こされるまで、ひとりでに目醒《めざ》めることなど滅多になかったものだが、五十にさしかかるあたりから眠りがすこしずつ浅くなり、六十を越してからは、もはや朝まで通して眠りつづけることができなくなった。

一夜に、二度や三度は、きまって用足しに起きねばならない。誰もがいうように、それが齢《とし》のせいであるなら仕方がないが、それにしても、寝床を離れている束《つか》の間《ま》に眠気が去って、容易に戻ってこないのが忌々《いまいま》しい。時には、一時間も二時間も、とりとめのない妄想を追い払いながら寝返りばかり打っていることもある。

八月末の、蒸し暑い夜であった。窓の外からは近所の冷房のモーターが低く唸《うな》るのがきこえていた。不意に、隣に寝ている妻が身を起こす気配がした。スタンドの豆電球が、寝室の薄闇《うすやみ》から、白っぽい無地の寝巻の背中をおぼろに浮かび上がらせていた。ゆうべは洗髪したまま寝たとみえ、染めるのをよしてひさしい白髪の裾《すそ》が乱れて、うなじを覆《おお》い隠している。

「寝苦しいね。ちょっとクーラーをかけようか。」

無言で、身じろぎもせずにいる妻に、彼は寝たまま声をかけた。

「あら、起きてたんですか。また眠れなくなって？」と、妻は彼の方へ顔を向けていったが、声にいつもの生気がなかった。「クーラーは結構。私、なんだかお腹《なか》が痛いの。どこかが痛んで目が醒めたなんて、ひさしぶりだわ。」

よく見ると、妻は両腕で腹部を抱くようにして、背中をまるめているのであった。

「どうしたんだろう。冷やしたのかな。」

「子供みたいに？」

妻はちょっと笑いかけたが、すぐに頭を垂れて、しばらくしてから詰めていた息をいちどきに吐く音をさせた。

「そんなに痛むのか。」

「そうなの。だんだん痛みが強くなる。」

「胃か。それとも腹？」

「どっちかわからない。お臍《へそ》を中心にして、そこらじゅうがきりきり痛むの。」

妻は、急にベッドから滑り降りると、スリッパを履くのももどかしげに奥のドアから寝室を出ていった。そのドアは隣の彼の仕事部屋に通じていて、彼の部屋から廊下へ出ればすぐそばの突き当たりが手洗いである。それが寝室から手洗いへの近道で、そこを通れば朝早く勤めに出る次女と三女の部屋の前の廊下をたびたび軋《きし》ませることもない。妻は、なかなか戻ってこなかった。手洗いのドアはいちど開閉したきりであった。なかで予測もしなかったことが起こって、動けなくなっているのではないかと、気になった。まさかとは思うが、いちど様子を見にいった方がいいかもしれない。そう思いはじめたとき、ようやくスリッパを重そうに引きずりながら戻ってきた。顔が異様に白く見えた。

「下痢《ば》したのか。」

「ええ。」と、妻はさっきよりも一層猫背になった体をそっと横たえると、力なく呟《つぶや》いた。「これまで経験したことのない、ひどい下痢《ら》だったわ。それに、随分吐いた。」

彼は、起き上がると、隣のベッドの妻の額に掌《てのひら》を当ててみた。ひんやりとして、乱《く》れた髪が汗で皮膚に貼《は》りついていた。

「冷汗をかいてる。熱はないようだ。吐き気と腹痛と下痢だけなら、胃腸がどうかし《わ》たんだろうが、病気というほどのものではないような気がするがな。」

「私もそう思うわ。胃だって腸だって普段はなんともないんだから。だけど、どうしちゃったのかしら、急に。」

それは彼にもわからなかった。

「症状としては食中《しょくあた》りに似てるけど、家族がみんなでおなじものを食べているのに、おまえさんだけ中るというのは解《げ》せないしね。おまえさんが独りでこっそり別なものを食べたんなら、話は別だが。」

無論、冗談のつもりであったが、もはや妻には笑い飛ばしたり憤慨したりする余裕も気力も失われていた。妻は、目を閉じて眉《まゆ》を寄せたまま口を噤《つぐ》んでいた。

「腹はまだ痛むのか。」

「痛むどころじゃないんですよ。」

妻は、小声で、けれども腹立たしそうにいうと、歯を食い縛るようにして黙った。

「俺の薬を嚥《の》んでみろよ。」と、彼は両足をベッドから垂らしていった。「飲みすぎや二日酔の薬が、そんな症状に効くとは思えないけどね。まあ、気休めのようなもんだが、物は試しということもある。」

彼は、急ぎ足で寝室を出て、階下へ降りると、茶の間の茶簞笥《ちゃだんす》から酒好きの自分のための常備薬を何種類か取り出してパジャマのポケットに入れ、ちょっと考えてから、ポットの湯を水で割った即製の湯冷ましを妻の湯呑《ゆの》みに半分ほど注いだ。

寝室へ戻ってみると、妻の姿は見えなかった。開けたままの奥のドアのむこうから、妻が苦しげに吐くのがきこえていた。彼は、湯呑みを手にしたままベッドに腰を下ろすと、それを頬に押し当てて熱さ加減を測りながら、自分にはこんなことぐらいしかしてやれないのだ、と歯痒《はがゆ》く思った。

やがて、妻が戻ってきた。足の運びに力がなかった。

「どんな具合？」

「相変わらず。」と、妻は辛《つら》そうな吐息をしていった。「というよりも、だんだんひどくなるみたい、下痢も吐き気も。」

「これを嚥《の》んでごらん。」

「なんです？」

「胃薬だよ。俺にはいちばん効く薬だけど。」

「すみません。でも、すぐまた吐くから、無駄になるかもしれないわ。」

「でも、いくらかは胃袋の底に残らないとも限らないよ。」

彼は、妻が身を起こすのに手を貸してやった。寝巻の背中が汗で湿っていた。妻は、薬のにがさに顔をしかめ、湯呑みを傾けすぎて喉《のど》をすこし濡《ぬ》らした。

「なんだか唇の感覚がおかしいの。あんまり吐いたせいかしら。」

妻は、タオルで口許《くちもと》を拭《ふ》きながら心細げにそういった。いくら激しく嘔吐《おうと》したところで唇が麻痺《まひ》してしまうとも思えなかったが、それはともかく、嘔吐は実際容赦もなく妻を襲ってきた。

彼の薬の効き目はあらわれなかった。それどころか、その薬が却《かえ》って妻に新たな痛みをもたらしたのではないかと思われた。というのは、妻はベッドに寝ている間、両手で腹部をおさえ、くの字になってわずかに身悶《みもだ》えながら、絶えず呻《うめ》き声を洩《も》らしているようになったからである。妻は、子供たちを産むときでさえ、分娩《ぶんべん》室へ入るまで、いちども呻き声など洩らしたことがなかった。彼は、初めて妻の呻き声を聞いて、驚いていた。これは只事《ただごと》ではないと思わないわけにはいかなかった。

けれども、彼には、どうすればいいのかわからなかった。彼は自分の無力を痛感した。

「すこしでも楽にしてやりたいけど」と彼はいった。「なにか俺にできることで、して欲しいことがあったら、遠慮なくいってごらんよ。」

「……あなたにはとても望めないことですけど」と、妻はすこし間を置いてから囁《ささや》くようにいった。「亀田《かめだ》先生にきてもらって、痛み止めの注射を一つしてもらいたいわ。」

亀田先生というのは、彼の一家がもう二十年来かかりつけている医者で、歩いて二十分ほどの私鉄の駅のむこう側に開業している。なるほど、妻の症状は、いまや医者の力を借りねばならぬ段階にさしかかっているのだ。

「でも、まだ夜中でしょう?」と、妻はカーテンの隙間《すきま》に滲《にじ》む外の明かりを探すように窓の方へ目を向けていった。「いま、何時かしら。」

「二時半だよ。」

「二時半……いくらなんでも、こんな時間に叩《たた》き起こすようなことをするのはお気の毒だわ。」

律義《りちぎ》な医者だから頼めばきてくれるだろうが、田舎育ちで気弱な彼は、何事でも身勝手な振舞いはなるべくせずに済まそうと考えがちである。

「せめて夜が明けてからならね。あと、三、四時間。我慢できるかい。」

「三、四時間……長いなあ。でも、我慢するほかないでしょう。途中で限界がきたときは救急車をお願いしますね。」

妻は、喘《あえ》ぎ喘ぎそういって目をつむった。

この一、二時間のうちに、妻はまるで長患《ながわずら》いをした人のように憔悴《しょうすい》していた。顔は、淡い緑色の混じった白さになっている。いまは無駄な我慢などよしにして、直ちに救急車を依頼すべきではないかという気がした。けれども、その場合、妻はどんな病院に運ばれて、どのような扱いを受けることになるか知れないのである。

彼は、思い迷いながら寝室を出ると、廊下を挟んで向かい合っている次女の部屋の戸を叩いた。すぐに醒めた声の返事があった。画廊で働いている次女は、疲れて帰って早寝をしたものの、今夜に限って頻繁な手洗いのドアの開閉が夢うつつに奇異で、夜半から眠りが浅くなっていたらしい。滅多に部屋を覗《のぞ》きにくることのない、パジャマ姿の父親を見て、次女は大層驚いていた。

「どうしたの？　お父さん。なにかあったの？」

「お母さんが急にどうかしちゃったんだよ。」

彼はそういって、妻の症状をざっと話して聞かせた。次女は、呆《あき》れたように彼の顔を見詰めていたが、彼が口を噤んでしまうと、

「ちょっと様子を見てくるわ。お父さんはここにいて。」

と早口にいって、するりと部屋を出ていった。

しばらくすると、寝室の入口とは逆の方向から廊下を軋ませてくる者があり、三女も起きてきたのかと思うと、さっき寝室を訪ねたはずの次女であった。

「吐きたいっていうから、お手洗いまで腕を抱えて送ってきたの。だって、お母さん、足許がふらふらなんだもの。」

次女は、敷物にあぐらをかいている彼の前に腰を下ろして、膝《ひざ》小僧を抱いた。

「お父さん、あれ、食中毒よ。」

「食中毒？」

「話に聞く食中毒の症状とそっくりじゃない。」

「俺も初めは食中りに似ていると思ったけどね。でも、みんなでおなじものを食ってるのに、お母さんだけが中るのはおかしいから。」

「ところが、お母さんは怪しいものを食べたのよ。」

「怪しいもの？」

「そう。あたしの目の前で食べたんだから。ぺろっと、二つも。」

「二つもって、なんだい、そいつは。」

「お鮨《すし》の海苔《のり》巻《ま》き。」

　と次女はいった。

　彼は、口を開けたが、すぐには言葉が出てこなかった。

「もう、先おとといの晩になるけど、お鮨屋から握りをとって食べたでしょう。あのときの海苔巻き。」

「あの海苔巻きなら俺も食ったよ。」と彼はいった。「だけど、キュウリとかカンピョウを巻いた、食中りなんかとはいちばん縁遠いようなやつばかりだったがな。」

「そりゃあ、あの晩は生ものだって安全だったのよ。作ったばかりで、新鮮だったんだから。ところが、何個か残ったのね、いつもみたいに。それを、お母さんがお皿に移して、冷蔵庫へ入れたの。次の日、覗いてみたら、さすがに生ものはきれいになくなってて、カンピョウの海苔巻きが二つだけ残ってたわ。」

「それをお母さんが食ったのか。」

「そうなの。しかも、足掛け三日目の、昨日よ。」

「でも、ずっと冷蔵庫に入れておいたんだろう？」

「そうだけど、この夏の暑さはいつもの年とはちがうでしょうが、お父さん。冷蔵庫だって安心できないのよ。それなのに、お母さんたら、いそいそと艶《つや》のなくなった海苔巻きを出してくるから、びっくりしたわ。大丈夫かしら、と首をかしげると、海苔巻きだもの、御飯がすこし固くなってるだけよって。一つずつ食べようっていわれたけど、あたしは遠慮したの。というのはね、残ったお鮨をお皿に一つ盛りにしたとき、カンピョウ巻きにホタテを握ったのがもたれているのを見てたから。それが思い出されて、厭《いや》な予感がして手を出さなかったんだけど、お母さんは平気な顔で二つともぺろりと食べてしまったの。」

「わかったよ。」と、彼は腰を上げながらいった。「海苔巻きそのものは安全なんだが、それに付着した生もののぬめりのなかで食中毒を起こす細菌が育っていたというわけだな。」

「あたしにはそうとしか思えないんだけど。それが当たっているとすれば、手当はなるべく早い方がいいと思うわ。救急車にきてもらいましょうよ。」

次女はいった。無論、彼にも異存はなかった。

寝室に戻ってみると、妻はベッドにいなかった。手洗いへ回ってみると、ドアは大きく開いたままになっていて、知らぬ間に起きていた三女が、床にべったりと横坐《ずわ》りになって便器へ顔を突っ込むようにしている妻の背中をさすっていた。

彼は、三女と力を合わせて両側から妻の体を持ち上げた。妻の顔は、汗と涙と涎《よだれ》にまみれていて、湿った寝巻には手洗いの防臭剤の臭《にお》いが染《し》み込んでいた。

「あなた」と、妻がかぼそい声でいった。「私、もう限界。救急車を呼んでくださる？」

「ああ、そうしよう。もうすこしの辛抱だ。」

そういって首の後ろに担《かつ》いだ片腕を強く握ってやると、骨を抜かれたような妻の体に、不思議な力が稲妻のように走るのがわかった。

妻を寝室へ連れ戻って、せめて寝巻だけでもこざっぱりしたものに着替えさせてや

らねばと思っていると、次女がドアから顔を覗かせて、

「救急車を呼んでいいのね？　お母さんも納得ね？」

といった。勿論《もちろん》、と答えると、

「連絡はあたしがします。事務的な電話は馴《な》れてるから。」

三女も一緒に階段を駈《か》け降りていったが、やがて独りで戻ってきて、熱い湯で絞ってきたタオルで妻の顔を拭いてやった。階段の下から、次女の声だけがきた。

「救急車はすぐくるんですって。お母さんを階下《した》へ降ろしてください。」

妻は、さっきまでよりいくらか足許がしっかりしていた。彼は、幼子のように尻《しり》で階段を降りる妻の体を、転げぬように両手でおさえているだけでよかった。妻は、玄関の上がり框《かまち》に浅く腰を下ろして、素足に履き馴れた和服用の草履を履いた。

次女は、いつの間にか髪を整え、動き易《やす》そうな街着に着替えていた。

「俺はなにを着ていけばいいかな。」

彼が独り言のようにそう呟くと、

「お父さんはどこへいらっしゃるの？」

と次女がいささか他人行儀にいった。

「どこへって、お母さんに付き添ってってやるんだよ。」

「その役は、あたしがやるわ。こういうときは、女同士の方がなにかと好都合だから。お父さんはどうぞ休んでてください。」

救急車は、途中からサイレンを止めて、家を探しながら川べりの道をゆっくりやってきた。隊員の一人が、茶の間の電話で診察に応じてくれる病院を探している間、玄関に佇《たたず》んでいた一人が妻に齢《とし》や症状を尋ねた。肩をすぼめてうつむいている妻を、上がり框に立って見下ろしていると、乱れた髪の間から薄桃色の地肌が見え、丸味を失った体の節々ばかりが目立って、彼には八十歳の妻を見ているような気がした。こんなに見すぼらしい妻は見たことがなかった。

救急車が妻を運び去って、しばらくしてから、次女から電話で報告があった。

「もう病院で診察が終わって、二階の病室に移ったとこ。やっぱり食中毒らしいわ。看護婦さんに、どうしてもっと早くに連れてこなかったのって、叱《しか》られましたよ。」

朝になってから、彼は嫁いでいる長女に電話で妻のことを知らせた。彼は、妻が運び込まれた病院の名しか知らなかったが、長女はこちらで病院の場所や道順を調べて訪ねてみるといった。

三女が作ってくれた遅い朝食を済ませたところへ、次女がタクシーで帰ってきた。妻は、点滴注射をしながらうつらうつらしているという。二時間ベッドに縛りつけられて居眠りできるくらいなら、もう吐き気も腹痛も下痢もおさまっているのだろう。彼は、ほっとして、冷蔵庫から缶ビールを一つ取り出したが、まだ栓を開けずにいるうちに、病院の長女から電話があった。

「お母さんねえ、入院する必要がないんですって。」

「そうか。それはよかった。」

「しかもね、いま二本目の点滴してるんだけど、これが済んだら帰宅していいんですって。」

それで、次女に車で迎えにきて欲しいというのであった。当然、その車にはアルバイトを休んだ三女も同乗していくだろうし、帰りには長女も一緒に乗ってくるだろう。

「どうやら俺の席がなくなったみたいだな。」

安堵《あんど》に気落ちが重なって、彼はぼやいた。

「お父さんも、今回はとうとうオミソね。」

長女は、くすっと笑ってそういった。

「オミソって、なんだ。」

「ミソッカスのこと。ほら、子供たちが遊ぶとき、あんまり幼すぎて仲間に入れてもらえない子がいるでしょう。あれが、オミソ。」

電話を切って、縁側の籐椅子《とうい す》へ戻りながら、ミソッカスのことなら自分の田舎では甘茶っ子といってたな、と彼は思い出した。彼自身、何度となく甘茶っ子にされて、恵んでもらった飴玉《あめだま》をしゃぶりながら年上の子らの遊びを羨《うらや》ましく眺めたことを憶《おぼ》えている。

そうすると、こいつは老いたミソッカスの飴玉か――彼は、遠くなった子供のころをぼんやり思い出しながら、もうあまり冷たくなくなって栓を開ける気がしなくなった缶ビールを、しばらく掌《て》の上で下手なお手玉のように弾ませていた。

やどろく

一

やどろくはいつになく意気込んで、水を打った敷石にわざとらしくゴム長を鳴らし、片手で縄暖簾《なわのれん》を勢いよく弾《はじ》く。伊代《いよ》ははらはらして、うしろからジャンパーの膨らんだ背中をちょっとつまんだ。

あんた、足許《あしもと》に気をつけてよ。きよめの塩を踏んだじゃない。

平素は臆病《おくびょう》かと思われるほど用心深い男だが、うわずっていて、ちいさな盛り塩など目に入らなかったらしい。蹴散《けち》らかされた塩を靴の爪先《つまさき》で寄せ集めていると、やどろくはじれったそうに舌うちした。

放っときなよ、そんなもの。踏んで悪いもんなら、なんでこんなとこに置いとくんだ。

そうよ、母ちゃん、と娘のあけみも、朝からなにかと苛立《いらだ》ちがちな母親の気持をいたわる口調で、平気よ、盛り塩なんてお客に踏んでもらうために置いとくんだから。

そんなことはいわれなくてもわかっているが、今日が並みの日ではないから、つい縁起を担《かつ》ぎたくなるのだ。今日だけは、せっかく盛り上げた物を崩すということはしたくない。

曇りガラスのはまった入口の格子戸《こうしど》は、自動装置でひとりでに開いた。途端に奥から、らっしぇい、と主人の威勢のいい声が飛んできて、やどろくは豆鉄砲をくらった鳩《はと》みたいに立ちすくんでしまい、戸を開けようと上げた手のやり場に困って、無帽なのに軍隊式の敬礼をした。夜警の仕事先では制服制帽だというから、軍隊経験がなくてもそんな挨拶《あいさつ》の仕方に馴《な》れているのかもしれない。顔見知りの店の主人は、釣られたように挙手の礼を返して、笑った。

うしろから娘が押すから、伊代もやどろくの背中を押して、三人、汽車ごっこでもするようにぞろぞろと店に入っていった。主人は、ねじった手拭《てぬぐ》いを坊主《ぼうず》頭に巻きつけながら目をまるくした。

これは、みなさん、お揃《そろ》いで。早すぎたかな。いえ、店はさっきから開けてます……それにしてもお珍しい。なあに、今日は非番だからね。たまには、こいつらにも上等な鮨《すし》の味見をさせてやろうと思って。それは結構じゃないですか。家庭サービスってやつですな。ま、そんなところだ。すると、どこかのお帰りで。いや、これから出かけるんだよ、ひとっ走りフェリーの埠頭《ふとう》までね。ほう、フェリーの埠頭まで。

街から車で半時間ほどの、港の北はずれの埠頭から、北海道の苫小牧《とまこまい》行きと室蘭《むろらん》行きのフェリーが出ている。夫婦は、娘を間に挟んでカウンターの椅子《いす》に腰を下ろした。ちょっと見ないでいるうちに、すっかり一人前になったね。綺麗《きれい》になって。主人が娘に愛想をいった。いくつ？　二十一です。

店のおかみが、厚手の大きな湯呑《ゆの》みに茶を淹《い》れてきて、三つ目を伊代の前に置くとき、いつも遅くてすみませんねえ、と小声でいって会釈《えしやく》をした。伊代は隣の町内の路地に店だけ借りて、肴《さかな》といっても手料理ばかりのちいさな飲み屋をしているが、ここの主人はそんな垢抜《あかぬ》けないただの飲み屋のどこが気に入ったのか馴染《なじ》みの一人で、時々、夜ふけて街が寝静まってからふらりと寝酒をやりにくる。最後の出前を届けた帰りに寄ることもある。これは女房には内緒だがといって、値のいいあちらもののボトルを棚に預けている。いいえ、迷惑だなんてとんでもない、おかげで助かってます、と伊代も笑って頭を下げた。

主人が薄切りの酢漬け生姜《しようが》を三人の前にひとつまみずつ置いた。すぐ握りますか。それとも先にビールかなんか。大将はこっちかな。猪口《ちよこ》を持つ手つきを口から頬の方へ滑らせると、やどろくは額の前で掌《て》を振って、俺は駄目、これだもの、とこちらも見えないハンドルを握ってみせる。じゃ、これからみなさんで埠頭へドライブですか。そう。だから、その前に腹拵《はらごしら》えをするだけ。まさか……といって主人は笑った。その恰好《かっこう》でか。そのまま車ごとフェリーに乗っかって北海道へ渡るんじゃないでしょうね。この恰好でか。それじゃまるで夜逃げじゃないの。すると、お迎えですか。北海道から御親戚《しんせき》でも？　いや、フェリーに乗るやつを送ってくんだよ。というと、どなた？　やどろくは黙って隣の娘を顎《あご》でしゃくった。すると、娘が急に背筋を伸ばして、唐突にいった。

あたし、お嫁にいくんです、北海道へ。

束《つか》の間《ま》、店のなかは、しんとした。やどろくがそそくさと茶を啜《すす》ると、ようやく主人が、それはそれは、と目をしばたたきながらいった。おかみも、おめでとうといってくれたが、やどろくが茶に噎《む》せたように咳《せき》ばかりしているので、伊代はどぎまぎ笑って二人に礼をいった。親子三人のうち、娘だけが旅の装《よそお》いをしている。それはひと目でわかるのだが、おかみが念を押すように、で、北海道へはお独りで？　と娘に訊《き》いた。はい、独りで。娘は事もなげに答えて、にこにこしている。やどろくの咳がなかなか止まらないので、伊代が代わりに、夫婦のどちらかが付き添っていこうと申し出て断わられたいきさつを、ざっと説明しなければならなかった。独りでも平気です。それに、独りの方が気が楽だし。娘は明るく弾んだ声でいった。

やっと咳がおさまると、やどろくは昨日買ってやったばかりの娘の腕時計を覗《のぞ》いて、おまえ、さっさと握ってもらえ、と急《せ》き立てるようにいった。もう当分ここの魚とはお別れだからな。なんでも好きなものを握ってもらえ。娘は両手をやんわりと打ち合わせて、椅子からちょっと腰を浮かした。なんでもいい？　高いものでも？　ああ、いいさ。遠慮しないで腹一杯食え。

生うに。あわび。牡丹《ぼたん》えび——それから、カイワレ大根あるかしら。カイワレ、ありますよ。じゃ、それを巻いて頂戴《ちようだい》。あいよ。チーズ巻きは？　チーズを棒に切って巻くやつね。作ってもらえる？　普段はやらないけど、今日はお嫁さんにいく娘さんがお客だから、特別だよ。

やどろくは呆《あき》れたように娘の顔を見て、頭を振った。カイワレ巻きに、チーズ巻きか。鮨も変わったねえ、旦那《だんな》。すると、カイワレやチーズはまだいい方ですよ、と主人は笑っていった。なかには、ハムとか焼肉とかを巻いてくれってのがいるからね。近頃の若い客はなにをいい出すか見当がつかないねえ。

大将は、と訊かれて、やどろくは、ついさっき腹拵えをするといっておきながら、腹がくちくなると眠気がさすからといって、あがりのお代わりだけを注文した。伊代も四、五日前から胸が閊《つか》えていて、食い気は全くなかったが、夫婦してあがりばかりでは体裁が悪いから、細いカッパ巻きを一本だけもらった。

娘は、はらはらするほどよく食べた。ひらめ、赤貝、まぐろのトロと、前のガラスケースに並んでいる種をひと通り食べてから、納豆巻きまで作らせた。おかみが娘のあがりを熱いのに替えてきた。北海道は苫小牧の方ですか。室蘭の方です、と娘は答えた。室蘭まで何時間？　八時間です。七時に出航するから、むこうに着くのが夜明け前の三時。おかみは上手に描いた眉《まゆ》を上げた。明け方の三時なら、まだ真っ暗でしょう。ええ、でも大丈夫です、あのひとが、迎えにきてくれるから。それにしても、三時じゃお婿《むこ》さんも大変ねえ。昼の便はないのかしら。あるんです、こっちを朝の六時四十五分出航のが。でも、それだと室蘭が午後の三時前でしょう。あのひとには勤めがあって、迎えにきてもらえないから困るんです。だけど、昼なら迎えがなくてもなんとかなるわ。埠頭からタクシーに乗って訪ねていけば？　ところが、室蘭からもうすこし奥へ入るらしいんです。だから、迎えにきてもらわないとどうにもならないの。むこうの埠頭で立ち往生です。

何度聞かされても足がすくんでくるような話だが、娘には不安のかけらもないらしい。伊代は、たった一本のカッパ巻きを持て余しながら時々娘の横顔を盗み見たが、娘は食べるのに夢中で、左右の親など眼中にない。いつの間に細工したのか睫毛《まつげ》がいやに反っていて、目が遠足の朝を迎えた子供のようにきらきらしている。

納豆巻きを食べてしまうと、さすがに娘はもう沢山とかぶりを振って、指先を拭《ふ》いた。まあ、むこうへいったら風邪を引かないように気をつけなさいよ、と布巾《ふきん》で俎板《まないた》を拭きながら主人がいった。今日が暦の立春だけど、北海道はまだ真冬でしょう。これからは体が元手だからね。はい、と娘は素直にうなずいている。すると主人が、ちょっと声を落として、どちらの親へともなく、今夜から淋《さび》しくなりますな、といった。

伊代は、口をひらけば忽《たちま》ち涙をこぼしそうだったが、なあに、却《かえ》ってさばさばするさ、と父親の方が答えてくれたので、みっともないことにはならずに済んだ。やどろくの顔は煙草《たばこ》のけむりに包まれて霞《かす》んでいる。あとに、まだ、一人いるしね。そうそう、坊やがいたんだっけ。大きくなったでしょうね。今度高校二年生。

その息子も一緒に連れてくるつもりだったが、嫁にいく姉の見送りなど苦手とみえて、誘うと、急に明日試験だからと炬燵《こたつ》の上に教科書をひろげた。家を出てくるときも、じゃあね、という姉に、頬杖《ほおづえ》を突いたまま目だけ上げて、ああ、とうなずいたきりだった。

帰りにハンバーガーでも買って土産にしよう。伊代はそう思った。

二

鮨屋を出ると、外はそろそろ日が暮れかけていた。

三人は、襟に首をすくめて近くの駐車場まで歩いた。

昼ごろまでは、日ざしがいくらか赤味を帯びてきたかに見えていよいよ春近しを思わせる穏やかな日和《ひより》だったが、午後からはまた冬空に逆戻りして、いまはきりきりと冷たい夕風が裸の街路樹を揺さぶっている。おなじ北国でも、このあたりは太平洋岸の平地だから雪の苦労はさほどでもないが、春先になっても空っ風がなかなか衰えなくて、夜寒がいつまでも尾を引くのがもどかしい。

日ざかりに、いちどシャーベット状に融《と》けた雪氷の道が、あちこちに靴の踏み跡をくっきり残したまま再び凍りはじめて、行き交う人々はみな靴底で地面を擦るようにしながら小刻みに歩いていた。日蔭《ひかげ》の有料駐車場は、雪融け水がまだらに凍って、まるで手入れの雑な小型のスケートリンクのようだった。やどろくは、奥に駐《と》めてある車の方へ歩きながら、転ばないように気をつけなよ、といった途端に、自分が足を滑らせて、そばから咄嗟《とっさ》に助けの手を出した娘と横ざまに抱き合う恰好になった。娘は、はしゃいで、あたりに響くような悲鳴を上げた。

厭《いや》だわ、父ちゃん、しっかりしてよ。足にくるのはまだ早いじゃない。なに、いってんだ。親をこけにするな、罰が当たるぞ。やどろくは苦笑いして、娘の手を振り払い――そこまではよかったのだが、そのあと、車に乗ってから、急に雲行きが怪しくなった。

なぜだか、やどろくが、別人のようになった。

伊代は、娘と別れを惜しむつもりで一緒にうしろの座席に乗ったが、駐車場を出るとすぐに、斜め前の運転席から呟《つぶや》くような声がきこえはじめた。最初、鼻唄《はなうた》かと思ったが、鼻唄にしては節回しがおかしい。時々なじるような口調になるから、通行人に文句でもいっているのかとそのたびにあたりを見回したが、邪魔な人影は見当たらない。愚痴が出るほど道が渋滞しているわけでもない。

やどろくは、ハンドルを握って前を向いたまま、なにやらぶつくさ呟いている。これまで独り言の癖などなかったから、珍しいこともあるものだと思って聞くともなしに窓から街の夕景を眺めていると、ひょっこり、熊《くま》の胆《い》という言葉が耳に入った。やどろくは、胃があまり丈夫でないのに酒好きだから、しょっちゅう胃薬の厄介になっている。家の薬箱には富山薬の熊の胆もある。それで、あんた、また胃の具合がおかしいのかい、と訊いてみると、やどろくは振り向きもせずに、大きなお世話だ、おまえは口を出すなといった。

案じているのに、心外な返事で、伊代は面くらうと同時に、むっとした。熊の胆なんていうからよ。熊の胆がどうかしたの？　声がちいさくて、よくきこえないのよ。すると、やどろくは喉《のど》を一つ鳴らして、今度ははっきりきこえる声でこういった。熊の胆でも送ってよこせっていったんだよ。おまえにじゃなくて、あけみにそういったんだ。

娘は、親同士のとんちんかんなやりとりをよそに、座席の背に深くもたれてうっとりと窓の外を見ていたが、不意に名を呼ばれて、我に返ったようにまばたきをした。それから、黙って自分の鼻を指差すので、とりあえず、父ちゃんが熊の胆でも送ってよこせってさ、おまえにそういってるよ、と聞いたままを伝えたが、伊代自身、どうして突然ここに熊の胆が出てくるのか、訳がわからなかった。

父ちゃん、と娘が運転席の方へ身をのり出していった。熊の胆を送れって？　ああ。なんであたしが熊の胆を？　だって、おまえ、熊の産地へいくんだろう。産地だって、と娘は首をすくめて笑ったが、やどろくはにこりともしない。産地じゃないか、野放しの熊がごろごろしてるんだから。まさか。いくら北海道でも熊がごろごろしてるなんてオーバーよ。おまえになにがわかるか、いったこともないくせに。いったことがなくてもわかるもん。室蘭は都会ですからね。へえ、そうかい。だけど、おまえのいくとこは山奥じゃないか。娘はまたくすっと笑った。山奥なんかじゃないったら。もう何度もいったでしょう、室蘭から車でちょっと入るだけだって。ちょっとだけだと？　わかるもんか。田舎の人はな、ちょっとそこまでって二里も三里も歩いてくんだよ。まあ、いってみろ、熊がうろうろしてるから。熊がいるんだから、熊の胆だってあるはずだ。

娘は、片方の肩をがっくり下げて、くすくす笑いながらまた座席の背に深くもたれた。そうか、それで熊の胆なのね。じゃ、父ちゃんはさっきまで、あたしとおなじことを考えてたんだわ、きっと。娘がそういうと、やどろくは高く舌うちした。おまえがなにを考えてたのか知らないが、俺はおまえの物好きにつくづく呆れていただけだよ。出戻りやいかず後家じゃあるまいし、わざわざ熊が出てくるようなとこへ嫁にいこうっていうおまえの物好きにな。

伊代は黙って聞いていたが、やどろくの年甲斐《としがい》もなく拗《す》ねたような物言いが気に入らなかった。たとえ冗談話にしても、やどろくの言葉には厭味の棘《とげ》がありすぎる。この人、どうかしてるんじゃないか、さっきまでの上機嫌はどこへいってしまったんだろう、と怪しみながら運転席の後姿を目でさぐっていると、耳から顎にかけてのあたりが普段よりも変に蒼黒《あおぐろ》く見えて、伊代はなんだか厭な予感がした。

案の定、熊の胆は手に入り次第送ると娘が約束すると、やどろくは、手に入るまで待つことはなかろう、亭主に裏山で熊を撃たせたらどうだ、といった。北海道の山奥に住んでるなら鉄砲ぐらいはあるだろう。そいつを持たせて、けしかけるんだな。自分からそんな無茶な注文をしておきながら、娘が辛抱強く、そうね、日曜日の腹ごなしにはなるかもね、だけど、あの人に熊撃ちなんてできるかしらと相手になると、やどろくは簡単にかぶりを振って、そいつはまず無理だろうな、といった。あれは優男だからな。それに肝っ玉もちっちゃいようだし。あんなへっぴり腰に熊撃ちなんぞできるわけがねえや。

伊代はびっくりして、あんた、といった。これから旅立ちをする娘の前で、なんてことというのよ。ふざけるのもいい加減にしてよ。けれども、やどろくは黙らなかった。逆に、おまえは黙ってろ、と伊代を黙らせてから、どだい、あんなにやけた男のどこがいいんだといって、娘の婿になる男をこき下ろしはじめた。

伊代は、頭に血が昇って、思わず運転席の肩へ手を伸ばしかけたが、途中でその手を娘に握り取られた。辛抱強い娘も、さすがに匙《さじ》を投げたとみえて口を噤《つぐ》んだままだったが、目顔と表情とで、相手になっちゃ駄目、黙っていわせておきましょうよと告げていた。それで、伊代も目顔と表情とで、だって今日の父ちゃん、あんまりだもの、と答えると、あたしのことなら気にしないで、なにをいわれたって平気なんだから、と娘は、握り取った手を自分の腿《もも》の上に軽く抑えつけるようにしたまま窓の外へ目を向けた。伊代は、娘の顔に実際なんでもなさそうな微笑が浮かんでいるのを確かめてから、仕方なく唇を嚙《か》んで反対側の窓の外へ目をやった。

いつの間にか市街地を出外れて、空が広くなっている。褪《あ》せた紺色の曇り空で、雲は北へいけばいくほど次第に厚みを増しているように見えた。田んぼや畑はまだ雪野原で、時々、地吹雪が音を立てて車の横腹を打ってくる。それが、ヘッドライトのなかで、アスファルト道路すれすれに大きなシーツをはためかせているように見えたりした。

伊代には、やどろくがどんなにこき下ろしても、娘の相手がくだらない男だとは思えない。娘の勤め先の同僚だったが、娘が初めて家に連れてきたとき、やどろくの前にきちんと正坐《せいざ》して、娘さんを私にくださいといった。やどろくは気圧《けお》されて、うろたえていたが、伊代は相手の潔《いさぎよ》い、爽《さわ》やかな態度に好感を持った。見掛けは色白の優男だが、いまどき珍しく芯《しん》のある、しっかりした男だと思った。

娘は、気立ての素直なところだけが取柄で、とうてい玉の輿《こし》など望めないし、親もこの先いい縁談が舞い込んでくるのをのんびり待っていられる身分でもないから、娘の好きに任せるほかはなかった。二人は、一年交際してから式を挙げて、この土地で世帯を持つことになっていた。

ところが、去年の秋、そろそろ式の日取りをきめようかというころになって、相手は思わぬ不運に見舞われた。郷里の北海道で、一番上の兄が不慮の事故でぽっくり死んで、そのショックで母親が寝込み、おまけに、母親と前々から折り合いの悪かった兄嫁が子供を連れてさっさと実家へ帰ってしまった。相手は、三人兄弟の末弟だが、根室の漁船に乗り組んでいる二番目の兄は、いきなり陸《おか》へ上がって親の面倒をみろといわれても困る、もう五年だけ待ってくれ、五年経《た》ったら貯《た》めた金を持ってかならず家に入るからといっていて、相手はその五年間、兄の肩代わりをすることになり、そのうちにきっと迎えにくるからといい残して郷里へ引き揚げていった。

その後、むこうで新しい働き口を見つけたらしいが、今年になってから、娘に身一つできてくれないかといってきた。いまはまだ式を挙げるほどの余裕はないが、籍だけでも先に入れておきたいのだという。そんなら、せめて自分で迎えにきてくれたらよさそうなものだが、仕事の都合でそれもできないからといって、フェリーの船賃だけを送ってきた。

親にすれば、なんとも心許《こころもと》ない話だったが、娘は無心に喜んで、明日にでも発《た》ちたい様子に見えた。疑ってみれば、漁師の兄の口約束など、眉唾《まゆつば》で、果して五年で帰るだろうか、五年が七年になり、七年が十年になり、ひょっとすると生涯帰らないかもしれないのである。初めから帰る意志などないのかもしれない。急に娘を呼び寄せるのも、ただ人手が欲しいからだと思えなくもない。どの道、苦労が先に待ち構えているのは目に見えているのだが、娘は相手を信じ切っていて、どんな不安の種も意に介さない。もともと娘の好きに任せたのだから、こちらも取り越し苦労はほどほどにして、望みを叶《かな》えてやるより仕方がなかった。式も挙げずに嫁がせるのは、少々淋しい気がしないでもないが、自分たち夫婦も駆け落ち同然にして一緒になった仲だから、これも因果と諦《あきら》めるしかない。

そんな今日までの経緯は、無論やどろくも納得済みで、だからこそ娘を車で送る役目を自分から買って出たのである。まさか途中で、こんなことになるとは思わなかった。伊代は、まるで人が変わったようにいつまでもねちねちと文句を並べつづけるやどろくが憎たらしくて、はらわたが煮えた。これが父親のすることだろうか。ここまできたら、もうなにもいわずに送り出してやろうという親心が、この男にはないのか。そう思うと、娘の手前、身の置き所がないほど恥ずかしく、情けなかった。けれども、すこしでも身じろぎをすると、娘が握った手に力を加える。それかといって、下手に口出しをすれば恥の上塗りをすることにもなりかねない。

伊代は、娘の、どこ吹く風の笑顔だけが救いで、掌《てのひら》で娘の体のぬくもりを感じ取りながら一刻も早く埠頭《ふとう》に着くことを念じていた。

三

埠頭の駐車場で車から降りると、風の唸《うな》りがむしろ快かった。

やどろくは、ようやくまた元の父親に戻ったらしく、車のキーをポケットに仕舞うと、黙って娘の手からスーツケースをもぎ取った。車のなかで汗でもかいていたのか、風のなかを岸壁の手前にぽつんと建っているフェリー会社の小綺麗《こぎれい》な建物まで歩く途中、大きな嚔《くしゃみ》を三つもした。

建物には暖房が入っているらしかったが、人影がまばらな上に照明ばかりが明るくて、却《かえ》ってうすら寒い感じがした。娘は、乗船券売場の窓口で、車輛《しやりよう》旅客航送申込書という紙に名前や連絡先や年齢を記入し、相手の指示通りに九千八百円もするツインベッドの特等を買った。それから、売店でチョコレートと三種類の女性週刊誌を買ったが、伊代も、帰りがどんなことになるやら全く予測がつかないから、土産のハンバーガーは諦めて代わりにポテトチップスを二袋買った。

出航までには、まだ三十分も間《ま》があった。三人はお茶でも飲むことにして二階へ上がった。階段を昇った突き当たりに、戸障子のない、カウンターだけの居酒屋があり、その隣がコーヒーも天ぷらそばもあるレストランで、入ってみると客は一人もいなかった。三人は、岸壁の見える窓際《まどぎわ》の席についた。フェリーはすでに接岸していて、粘土の絶壁のようにそそり立った船腹を岸の水銀灯が明るく照らし出していた。随分背の高い水銀灯だが、フェリーの船縁《ふなべり》はそれよりももっと高い。

思ってたより大きな船だわ。伊代がほっとしてそういうと、三千五百噸《トン》なの、と娘は自分の持船を自慢するようにいった。あの人が教えてくれたの。前にあの人を送ってきたときも、このテーブルでお茶を飲んだんだわ。すると、やどろくがのっそり立ち上がって、席を離れた。新しい煙草《たばこ》をくわえていたから、マッチをもらいにいくのだろうと思っていると、ウエイトレスになにか囁《ささや》いて、そのまま入口のドアから出ていった。

母娘《おやこ》は顔を見合わせた。トイレかしら、と娘がいった。多分ね。車を降りてから一言も口を利《き》かないわ。きっと顎《あご》がくたびれたのよ。伊代はそういってから、さっきはごめんねと謝った。なにも母ちゃんが謝ることないわ。だって、おなじ親同士だもの。全く、さっきはどうかしてたんだよ、父ちゃんは。心にもないことをあんなにねちねち喋《しゃべ》るなんてさ。どこかで歯車が狂ってたんだよ。そうかな、と娘は笑って首をかしげた。案外、あれが父ちゃんの本音かもよ。そんなこと、あるもんか、と伊代は娘を睨《にら》むようにした。でも、おまえ、よく我慢してくれたねえ。だって喧嘩《けんか》別れになるのは厭《いや》だもの。父ちゃんの小言を聞くのもこれが最後、なにもかもフェリーに乗るまでの辛抱だと思って、我慢してたの。フェリーに乗っちゃえば、もうこっちのもんなんだから。娘はそういって、悪戯《いたずら》っぽく首をすくめた。

やどろくがまだ戻ってこないうちに、頼んだ紅茶が運ばれてきた。三つ頼んだのに、二つしかなかった。ウエイトレスにそういうと、さっき連れの男の人が一つをキャンセルしたのだという返事である。伊代は、ふと思い当たることがあって、店を出てみた。トイレの用足しにしては手間取りすぎると思っていたら、案の定、やどろくは隣の居酒屋のカウンターの隅にぽつんと腰を下ろしている。伊代は、まるくなったジャンパーの背中を目にしただけで、なにもいわずに引き返した。席に戻ってそういうと、お隣にいるよ。父ちゃんは紅茶じゃ間が持てないんだよ。帰りが思いやられるわ。大丈夫よ、酒、と娘は眉をひそめた。まるで火に油じゃない。酒癖は悪い方じゃないんだから。素面《しらふ》でいられるよりはまだ増しよ、と伊代はいった。じゃ、帰りは母ちゃんが運転するわけ？　下手な運転だけどね、そうするより仕方がないもの。父ちゃんは、おまえを無事にここまで送り届けたから、あとはもうどうなったっていいと思ってるのよ。それに、いいたいことはいったしね、と娘は笑った。

伊代は、紅茶をひと啜《すす》りして、自分がうっかり砂糖を余計に入れすぎたのに気がついた。まあ、肩の荷を下ろしたつもりでいるんだから、と伊代はさりげなく水で口のなかの甘ったるさを薄めてからいった。このまま、そっとしといてやろうよ。腰を据えようったって、フェリーが出てしまえばあの店も看板なんだからさ。

伊代は、娘がフェリーに乗る前に、なにか一言、母親らしい気の利いたはなむけの言葉をかけてやりたかったが、なにも思い浮かばなかった。あんまり辛《つら》かったらいつでも戻っておいでと本音もいえず、それかといって、嫁いだ以上は里のことなど忘れてしまえと心にもない賢母風な科白《せりふ》も口にできなくて、結局、体にだけは気をつけるようにとありふれたことを繰り返したにすぎなかった。

フェリーの粘土色の船腹に黄色いクレーン車のようなタラップがのろのろと動きはじめて、旅客に乗船を促すアナウンスがあった。レストランを出てみると、やどろくが何事もなかったように腕組みをして誰もいない待合ホールのむこう隅のテレビを眺めていて、車を降りたときのように黙って娘のスーツケースへ手を伸ばした。

裏手の乗船口から岸壁へ出ると、横殴りの海風が母娘の頭を包んだスカーフの三角しっぽをはためかせた。あたしが船に乗ったらすぐ帰ってね、お互いに寒い思いをするだけだから、と娘が風に顔をそむけて大声でいった。車もなしに室蘭へ渡る客は、娘のほかに男が三人しかいなかった。娘にスーツケースを手渡すと、やどろくは急にバランスを失ったせいか、それとも短い時間に何杯もお代わりしたコップ酒の酔いが出てきたせいか、風に巻かれてふらふらとした。

娘は、ちょっとした一人旅でも楽しむ人のように、肩のところで掌をちいさく振って、じゃあね、と白い歯を見せた。それから、男客のあとから細くて急なタラップを難なく昇り切って、船のくりぬき窓から掌をひらひらさせた。そばで、やどろくが舌うちした。あいつ、まるで女優気取りだ。それきり、ふらふらと建物の方へ歩き出すので、もう帰るの、と訊《き》くと、おまえもこい、いつまでもここにいればあいつも困る、といって歩きつづける。船に目を戻すと、もう窓に娘の姿は見えなかった。仕方なく、振り返り振り返り建物の乗船口の軒下までくると、どこかのスピーカーから銅鑼《どら》の音と、つづいて蛍の光のメロディーがきこえてきて、あんた、私やっぱり船が出るまでここにいるわ、と伊代はいった。やどろくはまた舌うちした。好きなようにしろ。俺は車にいるからな。見ていると、ゴム長を大儀そうに引きずっていって、階段の昇り口を素通りし、おとなしく表口から外へ出ていった。

伊代は、ガラスのドアの内側に立って、フェリーが岸壁を離れ、ゆっくり向きを変えて、やがてひと握りの灯火になるまで見送ったが、娘はいちども窓に姿をあらわさなかった。

車に戻ってみると、やどろくはうしろの座席に横たわって大きな鼾《いびき》をかいていた。ひさしぶりのハンドルを握り、車体が揺れるたびにひやひやしながら駐車場を出たが、ありがたいことに鼾はいっこうに衰える気配がない。伊代は、一つ吐息をして、まださっきの紅茶の甘味が残っている唇を舐《な》めた。あとは余計なことを考えずに、ただ急ブレーキをかけないように気をつけながらのろのろ運転で帰ればよかった。

その晩遅く、客足がとだえて、傷《いた》んだ雨樋《あまどい》が風にきいきい軋《きし》むのにも聞き飽きたころ、鮨屋《すしや》の主人がひょっこり顔を見せた。夕方の礼をいうと、鮨屋はいつもの椅子《いす》に腰を下ろして、いや、お粗末さんで、娘御は無事に発ったでしょうな、といった。すると、どういうわけか不意に目頭が熱くなり、おやと思っているうちに、涙がぼろぼろと頬を転げ落ちた。あわてて目の下に手を当てたが、涙は難なく指の土手を乗り越えて流れた。あれ、どうしたんですか、と鮨屋の驚く声がきこえた。俺、なんか悪いことでもいったかな。いいえ、とかぶりを振るのが精一杯で、伊代は両手で顔を覆《おお》ってカウンターの蔭《かげ》にしゃがんでしまった。それでも涙は止まらなかった。なんの涙か、自分でもさっぱりわからなかったが、あとからあとから溢《あふ》れてきて、止めようがない。伊代は、割烹着《かっぽうぎ》の裾《すそ》を両手でくしゃくしゃに握ると、それを目に押し当てて、じっとしていた。

しばらくすると、頭の上で、おかみさん、と鮨屋の声がした。なんか話したいことがあったら聞いてあげますよ。話せば、大概、気が晴れるもんだ。伊代はふと、さっきの車のなかでのやどろくの仕打ちを洗い浚《ざら》いぶちまけてしまおうかと思ったが、喉《のど》許《もと》まで込み上げてきたものが、なぜか言葉にはならなかった。やどろくだって、いまの自分を見たら、こいつ、どうかしているのだと思うだろう。あのとき、突然やどろくの口を突いて出てきたものも、いまの自分の涙のようなものではなかったろうか。おやと驚いているうちに溢れ出てしまって、自分でも止めようがなかったのではなかろうか――そう思っているうちに、ようやく目が乾いてきて、伊代は顔を丹念に拭《ふ》いてから立ち上がると、なんでもないの、みっともなくてごめんなさい、と謝って、棚から鮨屋の酒瓶を下ろした。

鮨屋は、さすがに居心地が悪かったとみえて、水割りを一杯だけ飲んで帰っていった。

鮨屋の足音がきこえなくなると、すぐ、伊代は家に電話をかけてみた。もう夜ふけだから、ベルが三つ鳴っても出なかったら切ろうと思っていたのだが、二つで息子の声が出た。あら、まだ起きてたの。だって明日試験だもの。父ちゃんは？　炬燵《こたつ》に寝てる。鼾がうるさくって、と息子は苦々しげにいう。やどろくは家でもコップ酒を二つばかり飲んで、息子のそばで寝込んだらしい。なにか掛けてる？　毛布だけね。毛布だけじゃ、まだ寒いわよ。私の丹前、掛けてやってね。

受話器を置いて、伊代はちょっとの間ぼんやりした。今夜はもう終わりにしよう。そう思って電話のそばを離れようとしたとき、それが載せてあるちいさな座布団《ざぶとん》の窪《くぼ》みのところに、炒《い》った大豆が三つ四つ並んでいるのが目に入った。すぐ、昨日の節分の宵に娘が撒《ま》いてくれた鬼やらいの豆だとわかった。あの豆は、あとで拾ったり掃き出したりしたのだが、こんなところに残っていたとは気がつかなかった。

娘の浮き浮きした顔が思い出された。鬼は外、と無邪気に張り上げた声も耳によみがえった。

伊代は、豆を掌に拾い取ったが、捨てかねて、口で埃《ほこり》を吹き払ってからひと思いに口のなかへ放り込み、手早くカウンターの皿小鉢を片付けながら、ぽりぽりと噛《か》んだ。

なみだつぼ

あの囲炉裏がなくなったら、おふくろのなみだつぼは、どうなるのだろう。

北の郷里の家で独り暮らしをしている姉から、近いうちにもはや無用になった囲炉裏を塞《ふさ》いでしまおうかと思っているが、異存はないか、といってきたとき、真っ先に私の脳裡《のうり》をかすめたのはそのことであった。

郷里の家族が数十年も前から借りて住んでいる漆喰《しっくい》壁のくすんだ家は、もともと養蚕農家として建てられたもので、背戸から崖下を流れる川音がきこえる台所の板の間に、大きな囲炉裏が切ってある。先住者たちは、もっぱらこの囲炉裏に薪《まき》を焚《た》いて煮《に》炊《た》きをし、煖《だん》をとったものとみえ、頭上に交錯している大小の梁《はり》も、天井板も、真っ黒に煤《すす》けていて、どのようにして出来るものか知らないが、かなりの長さの煤の紐《ひも》が天井からも梁からも何本となく垂れ下がっている。

郷里の家族も、その囲炉裏を大いに利用したが、薪ではなくてもっぱら木炭を使っていた。当時、郷里のあたりでは炭焼きがさかんで、木炭ならたやすく手に入ったからである。けれども、木炭の火力では大した煮炊きはできない。せいぜい自在鉤《かぎ》に鉄《てつ》鍋《なべ》の鉉《つる》を掛けてなかのものを温めるとか、金串《かなぐし》に刺した魚を炭火のまわりに立て並べて焼くとかするぐらいである。

その家へ移ってくる前から軽い脳梗塞《のうこうそく》を患《わずら》っていた父親は、自分の生家にもあったという囲炉裏を懐《なつ》かしがって、一日の大半を炉端で過ごすことが多かった。なにをするともなく炉端にいて、医者に禁じられていた煙草《たばこ》を日に一本だけ目を細くして喫《の》んでいた。

おふくろに無心して、やっと許された一本である。おふくろは、いちどに一本喫んでしまうよりも、楽しみは多い方がよかろうと、一本のゴールデンバットを鋏《はさみ》で五等分して父親に渡していた。父親は、一つずつ鉈豆煙管《なたまめぎせる》に差し込み、うっかり落とさぬように細心の注意を払いながら炉の炭火を移して、煙管のなかで脂《やに》がじゅくじゅくと音を立てるまで喫んでいた。

父親の姿が炉端から消えるのは、外へ歩行練習に出かけるときと、川沿いに橋のたもとの銭湯へいくときだけであった。私も、学生時代、休暇で帰省すると、毎日父親のお供をして銭湯へいくのがならわしであった。父親は、道を歩くとき、両手を腰のうしろに組むのが癖であったが、病気のために片方の手がひとりでに動き、石鹸箱《せっけん》のなかの石鹸が絶えずことことと音を立てていた。

橋のたもとの銭湯では、前の川から水を引いているという噂《うわさ》があった。実際、口開けの客になったりすると、湯船に鮎《あゆ》の稚魚が浮いているのを見ることがあった。父親は、元気なころ、打ち釣りというのに熱中していた。細身の竿《さお》に、ちいさな擬餌鉤《ぎじばり》をつけ、川面を打つようにして雑魚《ざこ》を引っ掛ける釣りである。川沿いの道を帰ってくると、水際《みずぎわ》の手頃な石に腰を下ろし、両足を川に浸して打ち釣りをする人たちが、あちこちにいた。父親は、石鹼箱をかたかたと鳴らして歩きながら、目に入る釣人たちを、あれは餌《えさ》の荏胡麻《えごま》の撒《ま》き方がまずい、あれは竿の操り方がなっていない、などと片っ端から批判した。その口吻《こうふん》には、老いぼれてもはや打ち釣りさえもできなくなった悔しさが籠《こも》っていた。

囲炉裏の管理は、おふくろに任されていた。おふくろは、どういうものか、私の子供時分から炉の掃除を好んでいたとみえて、手ぬぐいで姉《あね》さんかぶりをし、炉端に背中をまるくして、金網で拵《こしら》えた手軽な篩《ふるい》で丁寧に灰を篩っていた様子が、古い記憶に鮮明である。旧養蚕農家の囲炉裏は、私自身の生家の炉を二つ並べたほども大きかった。けれども、おふくろは却《かえ》って掃除の遣《や》り甲斐《がい》があると喜んでいて、晴れて穏やかな日の昼下がりに、しばしば、まず邪魔になる父親を散歩に追い立てた。確かに、脳の血管を病む人は、一日にいちどは戸外へ出て新鮮な空気を呼吸しながら歩き回ってきた方がいいのである。

「裏の橋までいってきなしゃんせ。」

と、おふくろは素足にゴムの短靴を履いている父親の背にいった。裏の橋というのは、ちょうど町の裏手に架かっている、橋脚の高い古びた木の橋である。

「橋の上から、釣人たちの悪口でもいいながら、しばらく見物してきてくんしゃんせ。」

父親は、両手を腰に組んでのろのろと出かけていく。おふくろは、六十を過ぎても不思議に白髪の出ない頭に相変わらず手ぬぐいで姉さんかぶりをし、襷《たすき》を掛け、裾《すそ》が足の甲まで届く前掛けをして、いそいそと掃除に取り掛かる。まず、自在鉤の埃《ほこり》を払い、金網の篩で灰を篩い、それから水で絞った雑巾《ぞうきん》で炉縁を拭《ふ》く。篩に残った煙草の吸殻や、ちびた鉛筆や、なにかの紐の燃え残りなどの異物は、火から最も遠い隅に置いてある蓋《ふた》つきのつぼに捨てる。

このつぼは、私たちがその旧養蚕農家へ越してきたときから、そこにあった。先住者が忘れていったというよりも、捨てていったと思う方がふさわしいような、お粗末なつぼである。色は黒、厚手の焼きものだが、何焼きかはわからない。よほど粗雑に扱われてきたらしく、外側は疵《きず》だらけで、素材の壁土のようなものが露出している。大きさは、古陶器の種つぼより一回り大きいくらいだが、無論、名のある窯《かま》で焼かれたものであるはずがない。

おふくろは、掃除を済ませたあと、さっぱりとした炉端にぽつんと独りでいることがあった。そんなときは、横坐《ずわ》りになり、炉縁に左手を突いて上体を支え、右手の親指と人差指とで火箸《ひばし》の一本の頭をつまみ上げて、それをふらふらさせながら、自分がよく均《なら》したばかりの灰の上に、なにかを書いては消し、書いては消しするのである。それは、子供のころから、おそらく何百回となく目にしてきた光景であった。はじめは習字の稽古《けいこ》でもしているのかと思った。けれども、それにしては火箸の先端の動きに秩序がなさすぎる。それとなく見ていると、文字のほかに、図形や模様のようなものも混じっている。それで、おそらく、物思いに耽《ふけ》りながら、心に浮かんでくる雑多なことを、とりとめもなく文字や形に描き出しているのではないかと思うようになった。

おふくろが火箸の一本を手にすると、炉端はなにやら近寄り難い静寂に包まれる。おふくろはなにかに没入しているようで、声を掛けるのも憚《はばか》られる。遊び疲れて外から帰ってきた子供の私も、休暇で帰省している学生の私も、座敷に寝そべってうたた寝を装《よそお》いながら薄目で炉端のおふくろをただ眺めているほかはなかった。

うつむいたおふくろの尖《とが》った鼻の先に、不意に水玉が宿って、きらと光るのを初めて見たのは、いつだったか、もう思い出せない。ああ、おふくろが独りでひっそりと泣いている、そう思って物悲しくなった記憶だけが微《かす》かに残っている。

その後、炉端のおふくろの鼻の先に水玉が宿るのを、何度見たことだろう。最初に宿った水玉は、光り、顫《ふる》え、やがて堪《たま》りかねて、落下する。落ちたあとには、すでに次の水玉が光っている。そうなると、水玉は次から次へと鼻梁《びりょう》を滑り落ちてきて、しばらくは途絶えることがない。

おふくろが、いま、なにを思い出し、なにを悲しみ、なにを哀れみ、なにを悔んでいるかを、いい当てることはできなかったが、その人生が悲しみに満ちた日々の積み重ねだったことを私は知っていた。おふくろには、押せば水玉の噴き出る記憶しかないはずであった。どんな同情も、慰めも、おふくろの心を傷つけるだけだろう。私は、胸を痛めながら、炉端の人の鼻先からしたたり落ちる水玉のはかない輝きを、ただ黙って見守っているだけであった。

しばらくすると、我に返ったように火箸を灰に突き差し、繻袢《じゅばん》の袖口《そでぐち》で目頭を抑え、自分が荒らした灰を灰均しでざっと均して立ち上がる。ふと、思いついたように、仏壇の鉦《かね》をちいさく叩《たた》いてくることもある。

私は、二十八の年に都落ちをして、一年、郷里の家で厄介になったが、その折に、おふくろが去ったあとの囲炉裏の灰のなかから、火箸で涙のかたまりを取り出す癖がついた。涙のしたたりを吸い込んだ灰は、大概、細長い円錐《えんすい》を逆様にした形に固まって、茶色に変色していた。巡礼の鈴のような形をしたものもあった。数珠《じゅず》の一部のように、おなじ大きさの玉がいくつか繋《つな》がっているのもあった。いずれも脆《もろ》いかたまりだから、すこし離れたところから注意深く掘り進めなければならない。

掘り出したものは、火箸ですばやく掌《てのひら》に取る。途中で崩れてしまうものもすくなくないが、崩れても涙のかたまりにはちがいないから、移植鏝《ごて》で残らず掬《すく》い取る。やがて、変色した灰のちいさなかたまりや、もっとちいさな粒々が、私の掌の窪《くぼ》みを埋《うず》める。

けれども、私は、自分のおふくろの涙を吸った灰だからといって、それを小綺麗《こぎれい》な壜《びん》かなにかに入れて保存しておくほど物好きではない。私は、掌の灰を囲炉裏の片隅に置いてある何焼きとも知れない黒いつぼのなかにこぼして、蓋をする。おふくろは、十数年前に他界して、もう囲炉裏の灰にものを書く家族はいなくなったが、いまでもなみだつぼだけが元のままに残っている。

いまは、いくら田舎でも、茅葺《かやぶき》屋根を持つ農家でない限り、薪を焚いて煮炊きをしたり煖をとったりするための囲炉裏など、無用の長物といっていいだろう。姉もガスで煮炊きをし、石油ストーブで部屋を暖めている。もはやなんの役にも立たない囲炉裏を早く塞いでしまいたいのは無理もない。

どうぞ、あんたの都合のいいように、と私は答えて、ついでに例の黒いつぼのことを尋ねてみた。姉には、そのつぼが、おそらくただの囲炉裏のつぼにすぎないのである。

「まだいつものところにあるわえ。」と姉はいった。「塞ぐとき、自在鉤やなんかと一緒に捨てようと思ってたけんど、要るなら残しておく。」

べつに要るわけではないが、邪魔にならないようなら残しておいてくれるようにと、私は頼んだ。

春になって、川を覆《おお》っている氷が融《と》けはじめたら、私はいちど様子を見に帰郷してくるつもりだが、その折に、あのなみだつぼを抱いて泥濘《ぬかる》んだ崖道《がけみち》をくだり、あまり釣人が寄りつかないような淵《ふち》へそっと沈めてくるのも悪くないと思っている。

あとがき

第二集の『ふなうた』（平成六年刊）以後、平成七年から九年にかけて発表した十篇と、そのあと数年間の沈黙を経て再び書き継いだ五篇に、これまで収録しそこなっていた二篇を加えて、第三集とした。

合わせて十七篇の発表誌は次の通りである。

「みそっかす」〈新潮〉平成七年一月号
「おぼしめし」〈群像〉平成七年一月号
「まばたき」〈文學界〉平成七年七月号
「チロリアン・ハット」〈小説新潮〉平成七年八月号
「おのぼり」〈文學界〉平成七年十月号
「なみだつぼ」〈新潮〉平成八年一月号
「かけおち」〈文藝春秋〉平成八年一月号
「ほととぎす」〈新潮〉平成八年九月号

「パピヨン」〈群像〉平成八年十月号
「ゆめあそび」〈新潮〉平成九年一月号
「あめあがり」〈週刊新潮〉平成十一年六月十日号
「わくらば」〈新潮〉平成十二年一月号
「めちろ」〈群像〉平成十二年一月号
「つやめぐり」〈文學界〉平成十二年四月号
「おとしあな」〈新潮〉平成十二年六月号
「やどろく」（「早春」改題）〈三田文学〉
昭和六十年五月号
「そいね」〈文藝春秋〉平成二年七月号

平成九年の五月、私は、異常な高血圧と心臓疾患のために入院加療を余儀なくされ、退院してからも長いこと後遺症だと思われる頑固なめまいに悩まされつづけて、ほとんどなにもできずに鬱々《うつうつ》と日を送った。くる日もくる日も、陸地も島影も見えぬうねりの高い海原を、ひとり小舟でゆらゆらと漂い流れているような心細さで、どちらかへ進もうにも櫂《かい》がないのであった。十一年の暮近くになって、もはや失われたとばかり思っていた気力が急によみがえってきたのは、前年の秋から治療をはじめていた東洋医学の賜物《たまもの》としか思えないが、このあたりの経緯についてはいずれくわしく語る機会があるだろう。

なにはともあれ、いまはただ、諦《あきら》めかけていた第三集の刊行を歓《よろこ》びたいと思う。

平成十二年　盛夏

三浦哲郎

解　説

荒　川　洋　治

連作短篇集《モザイク》の最初の作品「みちづれ」が書かれたのは、平成元年のこと。百篇をめざす著者の旅がはじまった。

まず『みちづれ』(二十四篇)が平成三年に、ついで平成六年に『ふなうた』(十八篇)がまとめられた。そのあとは本書の「あとがき」にもある事情で少しペースが落ちたものの、平成十二年に新たな作品集『わくらば』(十七篇)がまとまり、これで《モザイク》は合わせて五十九篇になった。旅は旅程の半ばをゆうに超えたことになる。

『みちづれ』『ふなうた』と同様、この『わくらば』も、魅力のある作品ばかりである。

『わくらば』の冒頭に置かれる一篇は、「わくらば」である。山のなかを歩いているときに襟首に入った、わくら葉から、いまは亡《な》き父親の肌を思い出すものだが、『わくらば』の中心となるもののひとつは、人間のからだであるとぼくは思った。人間のからだの全体に、その全区画に寄り添って書かれているように思われるのだ。《モザイク》の出発から十五年近く経過したので当然のことに著者はその分だけ年齢をかさねた。その間に病気をしたり、ひどく体調をくずしたこともあるようだから、小説に出てくる人たちのからだだけではなく自分のからだのことが心配になることもあるだろうから（？）、作品のなかにからだの比重がふえるのは当然かもしれない。もとより人は心とからだで生きる生き物なので誰もがそうなのだ。からだのことは心配なのだ。でも「わくらば」を見ると、自分のからだのうえに亡き父親のからだと同じ模様が浮かんできて、ああ同じように年をとったと、ただそう思うだけではない。からだを通したつながりに、未知の感情を呼び起こされるのである。人間のからだは心配や不安の対象ではない。自分が人間であることをたしかめる、あるいはそれにめざめるためのものでもあるから著者のからだへの視線もまた注意ぶかくなるのだろうと思う。

人はからだのことが好きである。からだを見つめたり、感じていると、気持ちがなごむ。愉快にも思う。いや、もっとある。からだには、もっともっと、いろんなことがある。この『わくらば』のなかのからだを、少し追いかけてみることにしよう（ときにバウンドするが、ほぼ配列順に見ていくことにする)。

「そいね」は、温泉場の旅館で、七十を過ぎた老人と「添い寝」をして暮らしを立てる、三十五歳の女性の話。いっしょに寝ていた老人が死んでしまうところ、彼女が足の裏でそれを感じとるところ、そこから家族に連絡するまでのひとりの時間、遺体とそれを運ぶ息子夫婦の一団が「盗賊のように黒い塊りになって」裏門を出ていくようすなど、息をのむ描写がつづく。最後にトラックに米を積み込むとき、「三袋。四袋……」と、ひと袋ずつの重みで車体が沈む場面では(これは車のからだということになるが)そのひと袋、ひと袋の振動が鮮やかに伝わる。ここにもからだがある、と思った。

「ほととぎす」は、なかでもぼくが何度も読み返した作品だが(特に終わりの夫婦の会話がいい)、ここにもからだがあった。出産のとき、姑《しゆうとめ》の顔がさかさに見える場面だ。読む人までが一回転してしまいそうな、奇妙な感覚になる。どの母親もこのようなさかさの顔を見ながら、子供をうんでいくのかもしれないが、この描写も鋭い。

「おとしあな」は、からだがトイレのなかで遭難する。「おのぼり」は久しぶりの都会で、人としょっちゅうぶつかる。「チロリアン・ハット」は、帽子に、前の持ち主の力が及んでくる。「まばたき」では意識が戻らない夫を看護する妻。彼女のからだの位置（「待合ホールを見下ろす階段の手すり」）がユニークだ。まるで名画がななめにされるような感じだ。印象的である。

「めちろ」は戦前、あちらこちらの学校にアメリカから送られてきた人形の話だが、人形ではなく人間のからだのように扱う人々の姿がある。「あめあがり」では、女性に会おうとするたびに（ヒゲソリのとき）きまって顎《あご》を、からだの一部を傷つけてしまう。

「おぼしめし」にも、からだがある。向かいの梅婆《ばあ》さんのところへ、自分の分の牛乳をとりに来る、いせ婆さん（家族に知られるとこまるので梅ばあさんに牛乳をとってもらっているのだ。代金は払って）。

〈やがて、当のいせ婆さんがどこからともなく背戸へきて、温まった牛乳の匂《にお》いに鼻をうごめかせながら入ってくる。むかいの家の住人が、どこからともなくやってくるというのもおかしいが、婆さんは、仮借のない嫁の目をごまかすために、かなりの道《みち》程《のり》を歩いて通学している孫たちを途中まで送るふりをして家を出ると、あとは足の向くままにあたりをひと回りしてきて、ひょっこり梅の家の背戸にあらわれるのである。〉

昔はからだにいいものというと、玉子か牛乳くらいだったので、こんなことになるのだろうが、それにしても「むかいの家の住人が、どこからともなくやってくる」光景は、ほんとにおかしい。これも、人間のからだのおもしろさである。いせ婆さんのことば以上に、いせ婆さんのからだの動きが、「道程」が、ものを語ってくれる。

「パピヨン」は、散歩中に愛犬を見失い、あわててそのからだを追いかける。「畝《うね》の間を小走りに急ぎながら、パピヨンよ、と何度も呼び掛けたが」見つからない。この「パピヨンよ」がいい。これはことばというより、からだの世界。生き物を追いかけていく同じ生き物のひよわな叫びである。地の文に埋めこまれた声ではあるが、主人公のからだが目に残る。

最後に置かれた「なみだつぼ」は、人を忘れない人の思いがにじむ。「やどろく」の家族の姿も心をあたためてくれる。そしてさらにその一つ前に置かれた「みそっかす」も心に残る作品だ。むしろこちらはからだが残る作品というべきかもしれない。

妻が急におなかが痛いという。どうも食あたりらしい。その食あたりとわかるまでの家族のやりとりがこまかく描写されているが、なんでまたこんなに懇切に、と人は思うところである。普通ならば、こんな場面でたちどまらずに、あれこれを省略してさっさと進むところだが、筆はまるでくっつきでもしたかのように、妻のからだからはなれない。ここがすばらしいとぼくは思った。

三人の娘たちが、次々に登場し（そこで少しずつ何のためにおなかがこんなに痛むのかわかるのだが）、娘たちの出入りのようす、母親と距離をちぢめていくもようなど、粗略にせずに、順序通りに、こまやかに（というか夫の目にうつるままに）すなおに描かれる。

〈「どうしたの？　お父さん。なにかあったの？」

「お母さんが急にどうかしちゃったんだよ。」

彼はそういって、妻の症状をざっと話して聞かせた。次女は、呆《あき》れたように彼の顔を見詰めていたが、彼が口を噤《つぐ》んでしまうと、

「ちょっと様子を見てくるわ。お父さんはここにいて。」

と早口にいって、するりと部屋を出ていった。〉

というように簡単なやりとりも、そのまま描かれる。どうしてこんなに筆が停留するのか。それは、からだであるからである。人間のからだは病気のときにはわかりにくいもので、ちょっとしたことも明らかにならない。そのため右往左往する。ところどころで、ことばも応援に入るし、納得することもあるのだが、からだはそのうえをいき、なかなかいうことをきかないから簡単にはいかない。しかも妻のからだというものは長年つきそった夫にとっても容易にはかかりがたいところがある。それにもうひ

とつ。妻は子供たちの母親だが、母親というのはめったなことで病気になってはならないことに（？）なっている。元気でいるのがあたりまえとみられているので母親がからだの変調をうったえると家庭は真っ暗だ。夫の文章も、妻のからだにはりつくのだ。妻の病気のからだに、ひとすじの光を、求めるかのように。

家族のなかには温度差があり、母親と同じ女性である娘たちは、心配しつつもどこか落ち着いている。無力な夫は「みそっかす」の立場（幼なすぎて遊びに入れてもらえない子供）においやられてしまう。でもこの騒動のなかで「みそっかす」の立場に置かれることは、うっかりしていたら、そうなってしまったという程度のものであり、何も主人公に力が足りないのではない。愛情が足りないのではない。もし愛情を問題にするならば、妻が食あたりになったというそのことだけを記録するこの作品はほとんど意味をもたないことになる。だがここは心ではない。からだの世界なのだ。心にとってからだほど新鮮なものはない。人は人のからだのなかに入って、いま、もがいているのだ。からだのまわりを回った、からだのそこらじゅうを回った、家族のいっときを記すものなのである。だから、この作品を読みとおしてみると、からだという、いつも誰ものそばにあるものなのに、これまで見たことのない大きな世界を出入りしたかのような、長い旅をしたあとのような、みちたりた気持ちになる。真新しい気持ちになる。

無類に質の高い短篇を書きつづける著者の作品は、さまざまの人たちの心を描くためにことばを尽くして生まれている。からだだけを味わうものではない。いろんな味わい方ができる。だが「わくらば」からはじまるこの作品集には、からだがあるのだ。からだをもつ人間のかなしさとよろこびが、うたわれているのだ。それも身にせまるような近しさで、静けさで。

連作《モザイク》の旅は、いくつもの心とからだをみちづれに深められている。

（平成十五年六月、現代詩作家）

この作品は平成十二年九月新潮社より刊行された。

三浦哲郎著 みちづれ 短篇集モザイクI
川端康成文学賞受賞

僅か数ページに封じこまれた、人の世の情味と残酷。宝石の如き短篇小説をゆっくりと読みふける至福の時間。著者畢生の連作第一集。

三浦哲郎著 ふなうた 短篇集モザイクII
川端康成文学賞受賞

三つの性が変奏を織りなす「こえ」、夫婦の哀歓が絶頂に達する、川端賞受賞作「みのむし」など、数分間の読書が映す、無数の人生。

三浦哲郎著 忍ぶ川
芥川賞受賞作

貧窮の中に結ばれた夫婦の愛を高らかにうたって芥川賞受賞の表題作ほか「初夜」「帰郷」「団欒」「恥の譜」「幻燈画集」「驢馬」を収める。

三浦哲郎著 ユタとふしぎな仲間たち

都会育ちの少年が郷里で出会ったふしぎな座敷わらし達――。みちのくの風土と歴史への思いが詩的名文に実った心温まるメルヘン。

三浦哲郎著 白夜を旅する人々
大佛次郎賞受賞

呉服屋〈山勢〉の長女と三女が背負った宿命の闇。その闇に怯えたか、身を投げる次女、跡を絶つ長男。著者自らの家と兄姉を描く長編。

三浦哲郎著 百日紅《さるすべり》の咲かない夏

別々に育った姉弟が十年ぶりに再会した。姉は美しい二十歳の女に、弟は繊細な十七歳に。北国の寒い夏に燃える、孤独な二つの魂。

水上勉著

雁の寺・越前竹人形

直木賞受賞

少年僧の孤独と凄惨な情念のたぎりを描いて、直木賞に輝く「雁の寺」、哀しみを全身に秘めた独特の女性像をうちたてた「越前竹人形」。

水上勉著

櫻守

桜を守り、桜を育てることに情熱を傾けつくした一庭師の真情を、滅びゆく自然への哀惜の念と共に描いた表題作と「凩」を収録する。

水上勉著

寺泊・わが風車

川端康成文学賞受賞

〈私〉の生に触れ、忘れえぬ刻印を残した人々を追想しつつ、自己の根を見つめ直した作品集。川端賞受賞の「寺泊」など14編収録。

水上勉著

金閣炎上

天を焦がす金色の焔に、彼は何を見たのか？身も心もぼろぼろになって死んだ金閣放火僧の痛切な魂の叫びを克明に刻む長編小説。

水上勉著

飢餓海峡（上・下）

貧困の底から、功なり名遂げた樽見京一郎は、殺人犯であった暗い過去をもっていた……。洞爺丸事件に想をえて描く雄大な社会小説。

水上勉著

越後つついし親不知・はなれ瞽女おりん

雪深い寒村から伏見へ杜氏に出た夫とその妻の悲劇。掟を破り一人放浪する瞽女が出会った愛。表題作に初期傑作3編を加える。

宮本輝著
生きものたちの部屋

迫る締切、進まぬ原稿――頭を抱える小説家・宮本輝を見守り、鼓舞し、手を差し伸べる、夜の書斎のいとしい〈生きもの〉たち。

宮本輝著
私たちが好きだったこと

男女四人で暮した二年の日々。私たちは道徳的ではなかったけれど、決して不純ではなかった！　無償の愛がまぶしい長編小説。

宮本輝著
月光の東

「月光の東まで追いかけて」。謎の言葉を残して消えた女を求め、男の追跡が始まった。凛冽な一人の女性の半生を描く、傑作長編小説。

宮本輝著
流転の海

理不尽で我儘で好色な男の周辺に生起する幾多の波瀾。父と子の関係を軸に戦後生活の有為転変を力強く描く、著者畢生の大作。

宮本輝著
地の星
流転の海第二部

人間の縁の不思議、父祖の地のもたらす血の騒ぎ……。事業の志半ばで、郷里・南宇和に引きこもった松坂熊吾の雌伏の三年を描く。

宮本輝著
血脈の火
流転の海第三部

老母の失踪、洞爺丸台風の一撃……大阪へ戻った松坂熊吾一家を、復興期の日本の荒波が翻弄する。壮大な人間ドラマ第三部。

山田太一著

異人たちとの夏

山本周五郎賞受賞

あの夏、たしかに私は出逢ったのだ。懐かしい父母との団欒、心安らぐ愛の暮らしに――。感動と戦慄の都会派ファンタジー長編。

山田太一著

丘の上の向日葵《ひまわり》

平凡な会社員が追い求めた一つのロマンとは？ 日常生活に潜む非日常への憧れとその意外な展開。現代の性を問う傑作長編小説。

山田太一著

君を見上げて

身長163センチ32歳の章二と、身長182センチ30歳の瑛子。19センチの差に揺れる二人の恋心をスリリングに描く、おしゃれな大人の物語。

安岡章太郎著

海辺の光景

芸術選奨・野間文芸賞受賞

海辺の精神病院で死んでゆく母と、それを看取る父と子……戦後の窮乏した生活の中で訪れた母の死を虚無的な心象風景に捉える名作。

安岡章太郎著

質屋の女房

芥川賞受賞

質屋の女房にかわいがられた男をコミカルに描く表題作、授業をさぼって玉の井に〝旅行〟する悪童たちの「悪い仲間」など、全10編収録。

山口　瞳著

江分利満氏の優雅な生活

直木賞受賞

江分利満氏は昭和の年号と同じ年齢。社宅に住み、遅刻の常習者で、無器用で……都会的センスでサラリーマンの哀歓を謳いあげる。

山本七平著

小林秀雄の流儀

したいことだけをして破綻なく、後悔せず、みごとなまでに贅沢な生き方。その「秘伝」を求めて、徹底的な思索の軌跡に肉薄する。

山折哲雄著

西行巡礼

ガンジス、モンセラ、熊野、四国……。世界の聖地、霊場を辿った宗教学者が重ねた歌人・西行の眼差し。人は何故さまようのか——。

柳美里著

仮面の国

衝撃のサイン会中止が発端だった！　日本社会を腐食させる欺瞞を暴き、言論界に侃侃諤諤の議論を引き起こした、怒濤のエッセイ集。

柳美里著

ゴールドラッシュ

なぜ人を殺してはいけないのか？　どうしたら人を信じられるのか？　心に闇をもつ14歳の少年をリアルに描く、現代文学の最高峰！

柳美里著

男

時に私を愛し、時に私を壊して去っていった男たち。今、切ない「からだ」の記憶が鮮やかに蘇る。エロティックで純粋な性と愛の物語。

柳美里著

魚が見た夢

今一番輝く作家の壮絶な過去、愛、家族、創造。魂がひび割れそうな全ての人へ、絶望の果ての希望を伝えるドラマチック・エッセイ集。

五木寛之著
風に吹かれて
過去への反撥と執着を乗り越え、不安と動揺、希望と高揚感を交錯させつつ、異次元の時間と空間への旅を続ける著者の、青春の軌跡。

五木寛之著
戒厳令の夜（上・下）
ナチスに略奪され行方不明の、スペインの大画家のコレクションが日本に眠っている！九州、ヨーロッパ、チリと壮大な構想の巨編。

五木寛之著
風の王国
黒々と闇にねむる仁徳天皇陵に、密やかに寄りつどう異形の遍路たち。そして、次第に暴かれる現代国家の暗部……。戦慄のロマン。

五木寛之著
冬のひまわり
雨の鈴鹿、ミラノの空、山科の秋。色あせた青春が蘇るサーキットの夏。一年に一度逢瀬を重ねる女と男の禁じられた愛が燃え上がる。

五木寛之著
大人の時間（上・下）
いま〝大人の時間〟！不倫でもなく、背徳でもなく、みずからの人生を迷いつつ求める、大人の男と女たちの愛のかたちを描く長編。

五木寛之著
レッスン
ぼくをあなたの生徒にしてください――東京で、イタリアで、優雅で謎めいた魅力をもつ女性とぼくのかけがえのないレッスンの日々。

伊集院 静著

海峡

—海峡 幼年篇—

かけがえのない人との別れ。切なさを嚙みしめて少年は海を見つめた——。瀬戸内の小さな港町で過ごした少年時代を描く自伝的長編。

伊集院 静著

春雷

—海峡 少年篇—

篤い友情、淡い初恋、弟との心の絆、父への反抗——。十四歳という嵐の季節を、少年は一途に突き進む。自伝的長編、波瀾の第二部。

伊集院 静著

岬へ

—海峡 青春篇—

報われぬ想い、失われた命、破れた絆——。運命に翻弄され行き惑う時、青年は心の岬をめざす。激動の「海峡」三部作、完結。

池澤夏樹著

バビロンに行きて歌え

一人の若き兵士が夜の港からひっそりと東京にやって来た。名もなく、武器もなく、パスポートもなく……。新境地を拓いた長編。

池澤夏樹著

母なる自然のおっぱい

読売文学賞受賞

自然からはみ出してしまった人類の奢りと淋しさ。自然と人間の係わりを明晰な論理と豊饒な感性で彫琢した知的で創造的な12の論考。

池澤夏樹著

マシアス・ギリの失脚

谷崎潤一郎賞受賞

のどかな南洋の島国の独裁者を、島人たちの噂でも巫女の霊力でもない不思議な力が包み込む。物語に浸る楽しみに満ちた傑作長編。

江國香織著

神様のボート

消えたパパを待って、あたしとママはずっと旅がらす……。恋愛の静かな狂気に囚われた母と、その傍らで成長していく娘の遥かな物語。

車谷長吉著

鹽《しお》壺《つぼ》の匙《さじ》

三島由紀夫賞受賞

闇の高利貸しだった祖母、発狂した父、自殺した叔父、私小説という悪事を生きる私……。反時代的毒虫、二十余年にわたる生前の遺稿。

車谷長吉著

漂流物

平林たい子文学賞受賞

書くことのむごさを痛感しつつも、なお克明に、容赦なく、書かずにはいられぬことの業、そして救い。悪の手が紡いだ私小説、全七篇。

車谷長吉著

業《ごう》柱《ばしら》抱《だ》き

虚言癖が禍いして私小説書きになった。深い自己矛盾の底にひそむ生霊をあばき出す、業さらしな「言葉」の痛苦、怖れ、愉楽……。

久世光彦著

一九三四年冬―乱歩

山本周五郎賞受賞

乱歩四十歳の冬、謎の空白の時……濃密なエロティシズムに溢れた短編「梔子姫」を織り込み、昭和初期の時代の匂いをリアルに描く。

久世光彦著

謎の母

母にすがるような目で「私」を見つめたあの人は、玉川上水に女と身を投げた……。十五歳の少女が物語る「無頼派の旗手」の死まで。

わくらば

短篇集モザイクⅢ

新潮文庫　み－6－17

平成十五年九月一日発行

著者　三《み》浦《うら》哲《てつ》郎《お》

発行者　佐藤隆信

発行所　株式会社　新潮社

郵便番号　一六二―八七一一
東京都新宿区矢来町七一
電話　編集部(〇三)三二六六―五四四〇
　　　読者係(〇三)三二六六―五一一一
http://www.shinchosha.co.jp

価格はカバーに表示してあります。

乱丁・落丁本は、ご面倒ですが小社読者係宛ご送付ください。送料小社負担にてお取替えいたします。

印刷・二光印刷株式会社　製本・株式会社植木製本所

ISBN4-10-113517-7 C0193